KB143097

기억의 윤리

기억의 윤리

지은이 _ 신재기

초판 발행 _ 2014년 2월 20일
2쇄 발행 _ 2014년 12월 1일

펴낸곳 _ 수필미학사
펴낸이 _ 신중현

등록번호 _ 제25100-2013-000025호
등록일자 _ 2013. 9. 2.

대구광역시 달서구 문화회관11안길 22-1(장동) 출판산업단지 9B 7L
전화 _ (053) 554-3431, 3432   팩시밀리 _ (053) 554-3433
홈페이지 _ http://www.학이사.kr
이메일 _ hes3431@naver.com

저작권자 ⓒ 2014, 신재기
이 책의 저작권은 저자에게 있습니다. 저자와 출판사의 허락 없이
내용의 일부를 인용하거나 발췌하는 것을 금합니다.

ISBN _ 979-11-85616-02-5 03810

※ 수필미학사는 도서출판 학이사의 수필 전문 자매회사입니다.

기억의 윤리

신재기 수필집

수필미학사

책쓰기포럼과 함께

일곱 번째 수필집이다.

이제 수필은 내 삶 속으로 깊숙이 들어와 자리 잡았다. 수필 쓰기, 수필 창작 지도, 수필 평론 쓰기, 수필 작품 심사, 수필 이론과 비평 공부 모임 운영, 수필 관련 학술논문 쓰기, 수필 전문 계간지 발간, 수필 모임에 참여하기, 수필가들과의 교류 등 내가 하는 일은 온통 수필과 관련된 것들이다. 몸담은 학교에서 수행하는 수업과 업무를 제외하고 나머지 모든 시간과 노력을 수필에 쏟는다.

어떤 특별한 목표를 향해 이렇게 하는 것은 아니다. 부나 명예를 얻는 것과도 전혀 관계없다. 그냥 이런 일이 좋아서 한다. 나 스스로 신명 나서 하는 것이기에 일이 넘치지만, 스트레스는 크지 않다. 대부분 이런 나를 의아해한다. 신경 쓰지 않는다. 누구 뭐라고 해도 나는 수필과 더불어 즐겁게 살아갈 따름이다.

2년 전 엉뚱한 일을 시작했다. '책쓰기포럼'이란 모임을 만들었다. 2년 동안 글쓰기를 열심히 하여 한 권의 책을 발간하는 것이 모임의 목표였다. 필력을 길러야 좋은 글을 쓸 수 있다는 소신을 가졌기에 강제적으로 글을 쓰도록 했다. 이 주마다 한 편의 글을 반드시 쓰고, 그것을 두고 토론도 했다. 그 사이 수필 이론이나 인문학 공부를 넣어 병행했다. 들고난 사람이 없지 않았으나 참여자 21명은 끝까지 동참하여 동시에 각자 한 권의 책(수필집)을 출간하게 되었다. 이 프로그램을 주도한 나도 함께한다는 약속을 지켜 이 수필집을 펴낸다. 얼마나 뜻깊은 일인가. 많은 어려움을 이기고 나의 어설픈 기획과 가르침을 끝까지 따라와 준 이들에게 감사드린다. 이 수필집은 순전히 이들 덕택이다.

　신문에 발표된 칼럼 성격의 글도 담았다. 그래도 이 책을 '에세이집' 혹은 '산문집'이라고 이름 붙이지 않은 것은 수필을 좋아하기 때문이다. 나는 평론가나 에세이스트라는 이름보다 '수필가'로 불리고 싶다.

2014년 2월

신 재 기

■ 차례

1부

소리길

하얀 이데올로기

올해는 눈이 자주 왔다. 대구 지역에 눈이 올해같이 오는 일은 드물다. 그것도 산과 들판뿐만 아니라, 도시의 구석구석에 한 달이 지나도록 눈이 녹지 않고 버티고 있는 것은 몇십 년 만에 처음이다. 마치 집으로 돌아갈 눈치가 전혀 없는, 사랑방에 한 달째 묵고 있는 손님 같았다. 운전할 때나 보행할 때 얼어붙은 눈은 심신을 긴장시키고 불편하게 했다. 지금이 일월 중순이니 앞으로 눈이 올 수 있는 날도 숱하게 남았다. 음지 담벼락 밑에 남은 눈덩이를 보노라면 봄은 아직저 멀리 산 너머에 있는 것 같다.

눈은 이 세상 모든 존재를 하나같이 하얗게 덮어 주는 평등의 사도다. 아침에 자고 일어나 밤새 내린 눈으로 온 세상이 백색의 천국으로 변한 모습을 보면 누구나 신비감에 젖어든다. 익숙했던 일상은 흔적도 없이 사라지고 낯선 신비의 세계가 꿈처럼 펼쳐진다. 신이 내린 선물 앞에서 죽음과 삶은 경계조차 사라지고 만다. 김진섭은 〈백설부〉에서 이를 두고 "말할 수 없는 환희 속에 우리가 느끼는 감상은 이 아름다운 밤을 헛되어 자버렸다는 것에 대한 후회의 정"이라고 하면서, 눈을 "겨울의 서정시"라 했다.

생활에서 한발 물러나 바라보면, 눈은 찬미와 동경의 대상이다. '첫눈'은 젊은 연인이 만들어 가는 사랑의 꽃이고, 상서로운 미래의 희망이기도 하다. 눈이 많이 내리면 그해는 풍년이 든다는 옛말도 있다. 눈은 우리에게 언제나 아름답고 행복한 꿈으로 해석되는 것 같다. 그런데 눈을 싫어하는 사람도 많다. 눈이 고된 노동의 아이콘으로 기억되기 때문이다. "내 군대생활의 팔 할은 제설 작업이었다."라는 말을 이해하는 사람에게 눈 내린 세상은 하얀 지옥이다. 단절과 침몰의 절망이고 노동의 과부하다.

내가 사는 아파트 경비원들은 올겨울 내내 제설 작업을 했다. 노면에 얼어붙어 돌덩이처럼 단단한 눈덩이를 깨느라고 잠시 쉴 틈도 없었다. 어느 정도 평상을 회복했는가 싶으면 또 눈이 내렸다. 악순환이었다. 음지에 눈이 잘 녹지 않듯이 서민이 사는 동네일수록 구석구석에 눈이 오래 남는 법이다. 눈을 즐기는 사람과 눈을 치우는 사람의 차이는 극명하다. 눈

자체는 아름다운 자연 현상이다. 하지만 인간의 현실 생활 안에서 눈은 노동이고 고통일 수 있다. 한쪽을 보고 그것만을 믿는 것은 허위다.

백설, 너는 하얀 이데올로기다.

부끄러움

신문에 보도된 사진 한 장을 보고 있었다. 내 시선과 관심은 사진 왼쪽 모서리에 어린 소녀가 해맑게 웃는 모습에 쏠렸다. 이 사진은 1973년 10월에 중앙정보부 대공분실에서 간첩혐의로 조사를 받다가 사망한 당시 서울대학교 법학과 어느 교수의 장례 장면을 찍은 것이었다. 웃고 있는 소녀는 고인의 여섯 살 난 딸이었다. 사진 밑에는 "이 기막힌 순간에도 영문을 모르는 여섯 살짜리 딸 00은 무덤가를 웃으면서 뛰어다녔다."라는 설명 기사가 눈에 들어왔다. 영문도 모르고 웃는 아이 모습을 통해 아버지의 통탄할 죽음의 비극성이 극대화될 수 있었는지는 모르지만, 이 사진 공개는 지나쳤다는 생각이 들었다. 그 소녀는 지금 사십 대 중반의 나이가 되었을 것이다. 중년의 여인은 자신의 어릴 적 모습을 보고 어떤 심정일

까. 그때는 철없는 나인지라 몰라서 그랬다 하더라도 어른이
된 지금은 얼마나 민망할까. 아버지의 죽음을 몰랐던 지난날
의 철없음이 가슴에는 슬픔과 후회로 되살아났을 것이다. 어
찌 사진을 똑바로 바라볼 수 있겠는가. 상처가 덧나는 아픔
은 이루 말할 수 없었으리라. 그에게는 세상에 나타나지 말
아야 할 사진이었다.

　나한테도 이와 비슷한 기억이 있다. 그때 일이 기억날 때마
다 나 자신이 부끄럽고 미웠다. 초등학교 시절 우리 집은 가
난한 소작농이었다. 땅 주인한테 시월 묘사 준비를 해 주고
얼마의 전지를 붙였다. 매년 음력 시월이면, 땅 주인은 꽤 먼
곳에서 십여 명의 집안사람을 대동하고 우리 집에 와 하루를
묵으면서 마을 주위에 있는 자기네 산소에 묘사를 지내고 돌
아갔다. 우리 가족은 일제강점기 동안 일본, 대만, 해남도 등
을 떠돌다가 해방 후 귀국하여 고향에 정착했다고 한다. 땅
한 떼기 없을지라도 고향에서 사는 것이 타국살이보다는 나
았을는지 모르지만, 우리 집안의 안주인이었던 어머니는 소
작농으로 살아가는 삶에 굴욕감을 크게 느꼈던 것 같다. 그
런데 어린 나는 어머니의 이런 심정을 헤아리지 못하고 이들
이 우리 집 손님으로 묵고 가는 것이 좋았다. 기분이 들떠 그
들 가까이에서 자진해 잔심부름까지 도맡았다. 아들의 철없

는 행동을 지켜볼 수밖에 없었던 어머니의 마음은 오죽했을까. 그들이 떠나간 뒤 어머니는 며칠 동안 앓아누울 때도 있었다. 나는 중학생이 되고부터 어머니의 심정을 조금이나마 이해하게 되었다. 그 이해가 깊어질수록 나 자신에 대한 부끄러움과 미움은 더욱 무거워 갔다.

어려서 철모르고 저질렀던 일도 어른이 되어 돌이켜 보면 민망하기 그지없는데, 하물며 철들어 생각이 모자라 저지른 잘못은 오랫동안 마음에 부담으로 작용한다. 더욱이 옳다고 생각하는 자신의 길을 올곧게 걸어가야 할 어른이 되어서도 하잘것없는 욕망의 유혹에 빠져 실수를 끊지 못한다면, 그 부끄러움을 어찌 감당할 수 있겠는가? 이미 해 버린 잘못은 엎질러진 물과 같다는 데 비극성이 있다. 오이디푸스는 마침내 자기가 아버지를 죽이고 어머니와 결혼한 장본임을 알게 된다. 이를 신화나 정신분석학적 알레고리가 아닌, 이 세상일로 읽어 보자. 자기 자신의 운명적인 잘못 앞에서 어떻게 하겠는가. 그것은 몰랐다는 변명으로는 다시 담을 수 없는 물이고 시간이 아니겠는가. 죽음과 파멸만이 남을 뿐이다. 자신의 두 눈을 찌르고 방랑의 길을 나섰던 오이디푸스왕. 이는 자기에게 가하는 죽음보다 더 가혹한 형벌이었다. 살아 고통과 통한을 안고 가도 지워지지 않을 영원한 멍에이고 인장이었다. 자기에 대한 냉철한 성찰 뒤에 따르는 반성과 부끄러움은 이처럼 극한에 이르러 비장미를 드러내기도 한다.

　일전 지방 일간지 주말판에 나의 고향 이야기가 실렸다. 많은 사람이 전화를 걸어와 그 글을 관심 있게 읽었노라고 인사했다. 그러면서 글이나 사진에 순박함과 겸손함이 물씬 풍겨서 좋았다고 덧붙였다. 글에서 나는 산골 출신의 투박한 촌놈임을 있는 그대로 이야기했다. 사진도 그랬다. 밀짚모자를 눌러쓴 내가 밭에서 일하던 형님과 나란히 걸어오는 사진에는 조금도 꾸밈이 없었다. 어떤 생각을 따로 품었기 때문에 그랬던 것은 아니었다. 다만 나를 포장해서 드러내고 싶지 않았을 따름이었다. 꾸민다고 해서 과거나 현재의 내가 근본적으로 달라지지 않는다는 것을 잘 알기 때문이다. 남루하고 초라한 행색을 한 어머니가 객지에서 자취하는 중학생인 나를 찾아왔을 때, 어머니의 그런 모습을 부끄러워했던 적이 있었다. 하지만 이제는 나의 있는 그대로를 거리낌 없이 보여 줄 수 있으니 철이 들기는 든 모양이다. 없는 데도 있는 척하거나 모르는 데도 아는 척해도, '없고 모르는' 나의 실체를 숨길 수 없다. 그렇다. 부끄러운 일을 하고도 부끄러움을 모르는 것만큼이나 부끄러워하지 말아야 할 것을 부끄러워하는 것도 부끄러운 일이 아니겠는가.

내 주위 어느 사람은 기회 있을 때마다 나를 심약하다고 나무란다. 그 말에는 마음 약하고 남성성이 부족하다는 뜻이 내포되어 있는 것 같다. 그래서 무리를 이끄는 지도자가 되기에는 적당하지 못하다는 것이다. 그는 이렇게 말하고 나서 미안했는지 내 눈치를 살피면서 나를 심성이 맑고 근본이 착한 사람이라고 뒤를 올려 준다. 나를 정확하게 잘 보았다고 할 수 있고, 잘못 보았다고도 할 수 있다. 사람은 누구나 양면성을 지닐 뿐만 아니라, 일관된 하나의 마음을 유지할 수 없기 때문이다. 한 길 사람 속은 알 수 없다는 말처럼 늘 변화무쌍한 것이 인간이 아닌가? 그렇다. 어쩌면 '심약하다'는 표현은 나를 정확하게 읽은 것인지도 모른다. 나는 부끄러움이 많다. 마음의 두께가 얇아 나를 잘 숨기지 못한다. 내면이 훤하게 비치는데, 나를 포장해 봐도 금방 들통나고 말 것이다. 이럴진대 어찌 부끄러워하지 않겠는가. 투명한 존재가 되고 싶다. 가을 하늘과 아침 이슬처럼 맑고 깨끗한 영혼을 가꾸며 여생을 보내고 싶다. "죽는 날까지 하늘을 우러러 한 점 부끄럼이 없기를 잎새에 이는 바람에도 나는 괴로워했다."라는 시인 윤동주의 경지에는 미치지 못하더라도, 내 맑은 영혼을 위해 작은 부끄러움이라도 잃고 싶지 않다.

특별한 세뱃돈

올 설에는 특별한 세뱃돈을 주었다. 세배도 받지 않은데다가 나이 든 어른들에게 세뱃돈 명목으로 돈을 주었으니, 그것이 특별한 세뱃돈이 아니겠는가. 몇 년째 나한테 문학 강의를 듣고 글쓰기 지도를 받는 그룹이 있다. 올해는 설을 쇠고 서둘러 개강했다. 새해 들어 처음 만나는 날 말로만 밋밋하게 덕담만 나누고 넘어가기에 아쉬움이 남아 이벤트를 마련했다. 도서관 회의에 참석했다가 어느 중학교 교장 선생님으로부터 아이디어를 얻었다. 봉투에다 전하는 메시지 쪽지와 함께 만 원짜리 한 장을 넣고 봉투 겉에는 받는 스물두 명의 이름을 육필로 적어 일일이 건넸다. 쪽지에는 다음 글귀를 적었다. "좋은 인연이란? 시작이 좋은 인연이 아닌 끝이 좋은 인연입니다. 시작은 나와 상관없이 시작되었어도 인연을 어떻게 마무리하는가는 나 자신에게 달렸기 때문입니다."
요새 널리 읽히는 혜민 스님의 책《멈추면 비로소 보이는 것
들》에서 빌려 왔다. 마치 고자세로 훈계하는 듯한 느낌이 들
어 주저하다가 상황에 적절한 말인 것 같아 골랐다. 받는 사
람 모두 즐거워했고 나도 기분이 유쾌했다. 이벤트에 익숙하
지 못해 약간의 쑥스러움은 어쩔 수 없었다.

　명절 때나 특별한 시점에 더러 다른 사람으로부터 선물을
받는다. 올 설 무렵에는 이런저런 선물과 인사를 적지 않게
받았다. 택배로 부쳐온 선물이나 휴대전화로 전해 오는 메시
지를 받을 때마다 미안하고 난처했다. 면전 같으면 극구 사양
도 해 보고 고맙다는 인사도 정중하게 할 수 있는데, 택배로
배달되어 경비실에 맡겨진 것을 받을 때는 난감하다못해 불
편한 마음마저 들었다. 문자 메시지로 오는 인사에도 답을 곧
바로 해 주는 데 능숙하지 못해 늘 결례를 범했다. 가르치는
일에 종사하는 나한테 특별한 청탁을 하려고 선물을 주거나
인사를 할 리는 없는지라, 그것이 인간적인 고마움을 표시하
는 순수한 것임을 모르는 바 아니다. 이처럼 편하게 생각해도
부담감이 줄어들지 않았다. 그런 대접을 받을 만큼 그들한테
무엇을 베풀었는지 자문해 보았다. 해 준 것이 별로 없었다.
더욱이 문제는 남으로부터 무엇을 자주 받다 보면 자기도 모

르는 사이에 그런 일에 무감각해져 당연한 것으로 받아들인다는 점이다. 염치없는 사람이 미리 정해진 것이 아닐 터, 후안무치厚顏無恥는 나한테도 해당할 수 있다는 생각에 얼굴이 화끈거렸다.

100여 년 전 리쭝우李宗吾는 '후흑학' 厚黑學을 주장하여 당시 중국 전역에 큰 화제를 불러일으켰다. 저자는 처세 방법으로 두꺼운 낯가죽과 시커먼 심보를 주장했다. 역사상 전자의 대표 인물로는《삼국지》에 등장하는 유비를, 후자의 대표 인물로는 조조를 꼽았다. 두 사람이 영웅이 될 수 있었던 것은 얼굴이 두껍고 심보가 시커먼 정도가 각각 극에 다다랐기 때문이라고 했다. 나쁜 짓을 교사하는 것처럼 보이지만, 저자의 의도는 부패한 사회 현실을 비판하는 데 있었다. 고위 공직자 청문회나 사회지도층 비리 관련 보도를 접할 때마다 이 '후흑학'을 떠올리게 된다. 이들은 후흑학에 달통한 사람 같았다. 반성은커녕 도리어 얼굴이 두껍거나 속이 시커멓지 않고서 이 험한 세상에서 어찌 살아남겠는가, 자기에게 돌아오는 이득을 외면하면서 '후흑'으로부터 자유로울 사람이 과연 있겠는가, 라고 강변하는 것 같았다. 어쩌면 우리는 모두 처세라는 명분으로, 혹은 세상 탓을 하면서 '후흑'에 조끔씩 물들어 가는지도 모르겠다. 마침내는 진짜 그 화신이 되고 말 것이다. 내가 두려워하는 것이 바로 이 점이다.

　나에게 가르침을 주었던 두 분의 교수님이 생각난다. 한 분은 명절 때 제자들이 선물을 사 들고 집에 찾아오는 것을 절대로 용납하지 않았다. 이런 선생님의 성품을 몰랐던 제자들은 문전에서 되돌아와야 했다. 진정으로 인사를 하고 싶다면 빈손으로 찾아오라는 것이었다. 간소한 음식과 차를 함께하며 서로 정담을 나누는 것으로 충분하다는 뜻이었다. 스승에 대한 고마움을 표하려는 제자의 성의를 야박하게 물리치는 것도 지나쳤다는 생각이 들었으나 담긴 뜻만은 존경할 만했다. 다른 한 분은 식사나 술자리 후에 제자들에게 물질적 부담을 거의 지우지 않았다. 서울에서 박사과정 공부를 할 때였다. 그 교수님은 수업이 끝나면 학생들과 함께 식사했고, 그런 자리에서 수업시간에 못했던 사담을 나누었다. 된장찌개나 짜장면 같은 저렴한 메뉴를 택했는데, 이때 식사비는 참석한 사람의 각자 몫이었다. 그런데 그 이후 이어지는 자리의 비용은 교수님이 반드시 부담했다. 나는 당시 돈벌이가 있던 터라 술값을 자원한 적이 있는데, 그분으로부터 호되게 야단을 맞았다. 본인이 돈을 나보다 더 많이 번다는 것이 이유였다.

이는 누구나 마찬가지일 것이다. 살아가면서 남에게 공짜로 무엇을 받기도 하고 주기도 한다. 식사 한 끼 대접받기도 하고 대접하기도 한다. 술 한잔 사기도 하고 얻어먹기도 한다. 우리는 서로 주고받으면서 인간관계를 맺으며 그렇게 살아간다. 주고받는 것을 놓고 가감을 셈하면 대부분은 양쪽이 엇비슷하게 균형을 이룬다. 그런데 받는 쪽으로 쏠리는 사람도 적지 않다. 나는 삼십 년 넘게 남을 가르치는 일에 종사하면서 살았다. 그 세월을 돌아보건대, 작지만 다른 사람에게 준 것보다 받은 것이 훨씬 더 많았던 것 같다. 그것이 '뇌물'로 규정할 만한 것은 아니었을지라도 나의 이름과 내가 위치한 자리가 어떤 방식으로든 작동되었던 것은 부인하기 어렵다. 받은 것과 준 것을 놓고 셈을 해 보니, 받은 쪽에 무게가 쏠렸다. 받을 때마다 무의식적으로라도 혹시 당연하다는 착각에 빠져 있었는지 모르겠다. 그동안 염치를 제대로 차리며 살지 못한 것 같다. 남의 염치없음은 쉽게 비난하면서도 나 자신의 후흑에 관해서는 관대했던 것은 아닐까? 이번의 특별한 세뱃돈은 내가 염치를 알고 살기를 결심하는 출발선이 되었으면 한다.

양도소득세

마침내 아파트를 팔았다. 꼭 삼십 년 동안이나 소유한 집이었다. 우리 부부는 결혼과 동시에 그 아파트에서 신혼살림을 시작했고, 두 아이도 낳고 키웠다. 그곳에서 가정의 미래를 설계하고 이런저런 꿈을 가꾸기도 했다. 물론 작은 다툼도 있었다. 그런데 지난 연말 한때 우리 가족의 보금자리였던 그 집을 삼십 년 만에 결국 팔고 말았다. 오래전부터 처분하려고 했으나 마음속 계산과 조건이 여의치 못해 지금까지 끌고 왔다. 팔고 나니 앓던 이를 빼버린 것 같아 시원했다. 이 년마다의 전세 계약이나 예고 없이 닥치는 잔잔한 집수리는 불편함을 주었던지라 묵은 숙제를 한 것처럼 마음속이 홀가분했다. 정말 잘했다 싶었다. 부동산 사무실을 나오면서 아내를 쳐다보니 표정이 그리 밝지 못했다. 그 연유를 알만 했다. 집으로 돌아오면서 아무 말도 건네지 않았다. 침묵이 오히려 아내의 허전한 속내를 위로해 주는 유일한 방법이라고 생각했기 때문이다.

결혼 때 나와 아내의 경제적인 처지는 매우 달랐다. 그때 나는 군 제대 후 겨우 일 년간 고등학교 교사로 근무했고, 대학원 석사과정에 재학 중이었다. 사글셋방에서 조카와 자취 생활을 하던 무일푼이었다. 형님의 도움으로 겨우 대학공부를 마친 나로서는 집안에서 결혼 비용을 지원해 주는 것만으로도 감지덕지했다. 반대로 아내는 부모 슬하였고, 직장생활 칠 년 경력을 가지고 있었다. 당시 처가는 그리 넉넉한 편은 아니었다. 아내 밑으로 세 처남이 대학교와 고등학교에 다니던 때라 경제적 지출이 만만치 않았다. 지금도 그렇지만, 아내는 절약하고 저축하는 습관이 몸에 배어 있었다. 그때 아내가 저축해 둔 돈과 융자금으로 그 아파트를 장만했다. 당시 대부분이 전세방에서 신혼을 출발했는데, 우리 부부는 운이 좋았다. 결혼 후 둘 다 큰 굴곡 없이 지금까지 직장생활을 이어 왔기에 융자금도 갚고, 지금 사는 넓은 아파트도 새로 마련했었다.

나는 중학교 때부터 고향을 떠나 대구에서 공부했다. 그 후 결혼 때까지 대학원에 다니며 이 년간 하숙한 것을 빼고는 줄 곧 자취생활을 했다. 그것도 남의 집 문간방이 아니면 골방에 서였다. 안채와 독립된 문간방의 벽은 대부분이 시멘트 블록으로 쌓은 것이었고, 지붕은 슬레이트가 아니면 콘크리트 슬래브로 되어 있었다. 여름이면 시멘트벽과 지붕이 달구어져 방안에서 잠을 이룰 수가 없을 정도로 더웠다. 골방에 살면서는 가끔 연탄가스에 취해 주인집 김칫국물을 얻어 마시기도 했다. 생각해 보건대, 그때 살아남은 것만도 다행이었던 같다. 당시 내 생활은 열악하다못해 비참하기까지 했다. 늘 집주인 눈치를 봐야 했고, 주인 식구한테는 주눅 들어 지냈다. 마음속으로 칼을 갈았던 것은 아니었으나 나도 집주인이 되어 안방에서 밥 먹고 잠잘 수 있는 날에 대한 갈망을 항상 품고 살았다. 그 염원이 간절했던지 결혼과 동시에 안방에서 잘수 있었다.

결혼 후 내가 주인인 집에서 산다는 것만으로도 행복했다. 아침에 잠에서 깨어나 내 집에서 잠을 잤다는 것을 확인하는 순간 그렇게 마음이 편할 수가 없었다. 그런데 이것이 바로 한계였다. 지금도 그렇지만 나의 경제 감각 지수는 제로에 가까웠다. 집은 가족이 모여 편하게 사는 공간이라고만 생각했다. 모자라게도 그것이 재산이고 돈이라는 것을 몰랐다. 부창

부수였던가, 아내도 마찬가지였다. 팔십 년대는 우리나라 부
동산 경기가 일기 시작하던 때였는데, 우리 부부는 세상 물
정에 너무 어두웠다. 집으로 재산을 늘려 나갈 수 있다는 생
각을 전혀 못 했다. 두 번의 기회가 찾아왔다. 높은 경쟁률을
뚫고 새 아파트를 분양받았으나 두 번 다 중도에 포기하고
말았다. 그만한 이유가 있었으나, 지금 생각하면 그 이유라
는 게 어이없는 것이었다. 세상 돌아가는 사정에 익숙할 때
도 되었건만 그때나 지금이나 여전히 돈을 셈하는 데는 어둔
하기 짝이 없다.

양도소득세 신고차 세무사인 친구 사무실을 찾았다. 서류
를 검토하고 난 친구의 첫말이 "니도 정말 엔간하다." 였다.
세상사에 대한 분별력이 부족해 낡은 아파트를 삼십 년 동안
끌어안고 온 나의 무딘 셈에 대한 질책이었다. 대답할 마땅
한 말이 없어 "왜?"라고 어정쩡하게 반문만 했다. 나 자신도
너무했다는 생각이 들었다. 한창 시세가 좋을 때는 다 놓치
고, 재개발도 어려워 바닥을 치고 있는 지금에서야 아파트를
팔고 속 시원해하는 내가 한심하기까지 했다. 누구나 다 재
테크를 잘하는 것은 아닐 것이다. 그렇지만 기본적인 경제
계획과 감각은 이 시대를 살아가는 사람한테 필수 항목이 아
니겠는가. 이제 노후를 걱정할 나이가 되었다. 돈에 대한 나

의 무계획적인 셈법을 생각할 때마다 한심함과 걱정이 밀려들었다. 반성도 잠깐, 그 순간이 지나면 또다시 돈을 제대로 셈하지 못하는 사람이 되고 만다. 물론 이런 내가 부끄럽다고는 생각지 않는다.

양도소득세와 전세금을 제하고 남은 돈 전부를 아내에게 넘겨주었다. 내 소유였던 집을 팔았으나 나한테는 한 푼도 돌아오지 않은 셈이다. 사실 내 돈으로 산 집이 아니니까 남은 것이 없다 해도 아쉬워할 일은 아니다. 내 명의로 양도소득세를 내본 것만으로도 충분하다. 어느 시점부터 수중의 것을 조금씩 남에게 양도하고 죽을 때는 손 털고 가는 것이 인생이 아닌가? 잠시 빌렸으니 당연히 돌려주어야 하는 것. 그 집에서 젊은 시절 별 탈 없이 잘 살았던 것만으로도 본전 이상이니 나의 영리하지 못한 셈법을 크게 자책할 일은 아닌 듯싶다. 이재에 밝지 못해 수중에 큰돈을 모으지는 못했더라도 지금 내 한 몸 편하게 누일 집이 있는 것만도 다행히 아닌가. 내 존재 자체가 본래 얻은 것이라면, 남은 시간 동안 양도소득세를 흔쾌히 내면서 살아가는 것이 마땅하리라. 이런 넉넉한 마음이 가장 지혜로운 노후대책일지도 모른다고 나 자신을 위로해 본다.

소리길

　합천 야로에 다녀왔다. 대구에서 88고속도로를 타고 해인사 나들목에서 내려 해인사 반대편으로 오 분 정도 가면 합천군 야로면 소재지가 나온다. 대학 동기 몇 명과 그곳에 갔다. 그냥 지나친 적은 있었으나 마음먹고 찾은 것은 처음이었다. 마을 앞으로 흐르는 시냇물이 맑고 깨끗했다. 장엄한 가야산을 등지고 있는 곳이라 물도 그 값을 하는 것 같았다. 둘러싸고 있는 산수 때문인지 마을에서 받은 첫인상이 좋았다.

　며칠 전 대학 동기 친구 한 사람이 급성 백혈병이 와서 일차 치료를 받고 휴양차 합천군 야로면 고향 집에 머물고 있다는 연락을 받았다. 동기 네 명이 차 한 대로 대구에서 출발하여 합천으로 가는 길에는 가을을 재촉하는 비가 추적추적

내리고 있었다. 친구는 항암치료로 머리카락이 다 빠져 모자를 쓰고, 세균 감염을 막기 위해 마스크를 끼고 있었다. 예상한 것보다는 상태가 좋아서 다소 안심이었다. 이야기를 나누는 중 그에게서 죽음이 살짝 스쳐 갔다는 느낌을 받았다.

우리 일행은 발병하기까지 그가 살아온 삶의 굴곡과 고단함을 듬성듬성 들었다.

그는 우리 동기 중 현실 감각이 가장 떨어지는 친구다. 현실적인 실리에 밝지 못했다. 유신 말기와 5공 시절 학생운동에 참여하기도 했다. 당시 그가 어떤 이념과 열정을 가지고 학생운동에 참여했는지는 잘 모른다. 대화를 나눌 때 그는 자신의 속내가 섞이지 않은 건조한 이야기만을 골라서 하는 재주가 있었다. 그의 엉뚱한 언행으로 당혹스러웠던 적이 한두 번이 아니었다. 작년에는 학교 밖에 개설된 내 강의실에 불쑥 나타나 사진을 찍고 강의를 듣고 가기도 했다. 그는 순수하고 인정이 넘쳤다.

금융기관에 몸을 담았다가 아이엠에프 때 젊은 나이로 퇴직한 후 지금까지 자리를 잡지 못하고 세상을 겉돌며 살아왔다. 마라톤 풀코스를 밥 먹듯이 달렸고, 등산으로 세월을 채웠다. 백두대간 종주를 몇 번인가 했다고 한다. 자기 병을 발견하기 삼 년 전부터 집을 나와 혼자 지냈다. 자신의 오래된 자동차 한 대가 집이고 길이었다. 가장으로서의 중압감 때문에 가족과 함께 살 수가 없어서 그랬다고 했다. 슬쩍슬쩍 던지는 이야기 사이로 그가 살아온 삶의 무게와 그늘이 드러났다. 거기에는 슬픔이 어려 있었는데, 그것이 내 가슴을 아리게 했다.

그를 포함해 우리 일행은 차를 몰고 해인사 쪽으로 갔다. 매화산 진입로 부근 어느 식당에 들어가 닭백숙이 나올 때까지 촌두부를 안주로 하여 막걸릿잔을 주고받았다. 중심 화제는 죽음과 종교였다. 하필 우울한 화제를 선택했는지 모르겠다. 우회하는 것보다 정면으로 맞서는 용기가 필요하다고 모두 암묵적으로 동의했던 것 같다. 우연하게도 그 자리에 모인 친구들의 종교가 모두 달랐다. 불교, 원불교, 개신교, 가톨릭이 한자리에 있었다. 하지만 어느 쪽도 돌출하지 않았다. 나이뿐만 아니라 정신적 수양으로도 자신의 모서리를 부드럽게 드러낼 줄 알고 남의 모서리도 편안하게 품을 줄 아는 사람들이었다. 참을 수 없는 가벼움이 세상을 뒤덮고 있는 이 시대, 오히려 무거움과 진지함이 훨씬 편했는지 모른다. 그곳의 닭백숙 맛도 좋았지만, 서로 나눈 우리 일행의 이야기 맛은 더욱 일품이었다.

이런저런 이야기를 하는 동안 모두 삶의 허무와 죽음을 떠올리는 것 같았다. 육십의 나이를 코앞에 둔 장년의 남자들에게 그것은 저절로 다가오는 화두가 아니던가.

가야산 해인사 주위에 근래 명소가 등장했다. '소리길'이 그것이다. '소리길'은 불교 용어로 극락 가는 길이란 의미를 지니고 있다고 한다. 작년에 개통된 이 길은 우리 일행이 식사한 식당 부근에서 해인사까지 7킬로 정도 이어진다. 왕복 세 시간이면 충분히 걸을 수 있는 거리였다. 중간에 열아홉 명소가 있다고 한다. 우리 일행은 환자도 있고 일정이 바쁜 관계로 제1명소까지만 걷고 돌아왔다.

그날 합천 야로에서 만만찮은 인생길을 곁눈질했다. 그 길에서 묻어나는 슬픔과 외로움도 어렴풋이 확인했다. 그리고 해인사 '소리길'을 걸으면서 인생은 소리길이 아니라 고행의 길이라는 생각이 들었다.

가야산은 온통 짙은 산안개에 덮여 있었다.

천지뻐까리

  도시에 어둠이 내린다. 회색이다. 일주일에 두 번씩 저녁에
대구시청 근처에 간다. 중앙통에 내린다. 버스에서 내리는
순간 밀려오는 느낌은 상한 음식물을 입안에 넣었을 때의 찝
찝함이다. 그것은 칙칙한 그늘 냄새 같다. 이내 그 후각은 종
잡을 수 없는 강한 쓸쓸함으로 이어진다. 회색 구름이 하늘
을 덮은 어느 날 해 질 무렵, 전혀 기억 없는 낯선 곳에 서 있
는 기분이다. 오가는 행인의 발걸음도 무겁다. 술 취한 노년
의 남자가 비틀거리면서 골목에서 나온다. 키 작고 통통한
여자가 그 남자를 부축하면서 뭐라고 중얼거린다. 진한 화장
과 요란한 옷차림에서 두꺼운 세월의 흔적이 묻어난다. 잘
다듬어진 도로 환경이 그나마 위로가 될 뿐이다. 길거리 상
가 중에는 잡다한 옷가지를 무더기로 싸놓고 염가로 파는 곳

도 있다. 간간이 손님이 드나드나 한산한 편이다. 맞춤형 양복점에는 몇 사람이 둘러앉아 고스톱을 친다. '중앙'이란 옛 명성은 어디에도 찾아보기 어렵다.

　그 한가운데 '천지삐까리'가 있다. 간판을 보는 순간, 추억의 한 더미가 무너져 내렸다. 오랫동안 마음에 담고 그리워했던 사람을 우연히 길거리에서 만났는데, 형색이 너무 초라하여 간직해 온 모든 상상이 한꺼번에 깨어질 때 느끼는 허망함 같은 것이었다. '천지삐까리'는 지하철 중앙통역 부근, 옛날 '대구서적' 건물에 걸린 간판이다. 옷가게였다. 건물 높은 외벽에는 타일을 붙여 만든 모자이크 미술품이 옛 모습 그대로 남아 있다. '대구서적'을 자주 드나들던 시절, 이 타일 모자이크 작품은 학문을 향한 내 열정의 징표로 마음에 새겨졌다. 모자이크 벽화가 있던 그 공간은 내 꿈과 야망을 키웠던 곳이기도 했다. 지금 그곳은 허름한 옷가게로 변했다. 벽화의 형상은 날개 잃은 새와 같았다. '천지삐까리'라는 말의 의미가 풍성함보다는 모자란다는 느낌으로 전해왔다. 거리에서 더러 보는 '똥값'이라는 간판이 연상되었다. 자신을 함부로 내던지는 것 같아 안타까웠다. 오죽했으면…. 한편으로는 수긍이 갔다. 그런데 그 간판을 보면서 마치 나 자신도 그 많고 흔한 '천지삐가리' 중의 하나가 된 것 같은 기분이 들어 허전했다.

　서점 문을 열고 들어선다. 순간 눈앞에는 신천지가 펼쳐진다. 벽 쪽 서가에는 천정까지 책이 빼곡히 꽂혀 있고 진열대에는 신간이 갖가지 포즈를 취하며 비스듬히 누워 있다. 날렵한 몸매의 책을 잡으면 짜릿한 쾌감이 가슴을 파고들었다. 준엄한 산맥처럼 버티고 있는 두꺼운 학술서에는 경외감 때문에 금방 손을 내밀 수가 없었다. 먼저 잡지 판매대로 가 문예지를 훑어본다. 그리고는 이층의 국문학 전공서적 코너로 간다. 눈에 띄는 대로, 마음이 끌리는 대로 이 책 저 책을 뽑아들고 그 속살을 들여다본다. 그때부터 가슴이 두근거리기 시작한다. 갖가지 모습으로 무한정 펼쳐지는 지식, 이념, 사유 앞에서 나는 감동과 흥분으로 어쩔 줄을 몰랐다. 놀라운 지식과 생각을 펼쳐내는 저자가 존경스러웠다. 그들의 이름을 가슴 깊이 담았다. 그곳에 머물면서 나는 내 꿈의 책을 수없이 펼쳤다. 형편이 돌아가 한 권이라도 수중에 넣고 서점을 나오는 날이면 세상은 온통 나의 것이었다. 틈이 나면 그곳을 찾았다. 거기에 가면 언제나 희망을 한 아름 안고 돌아올 수 있었기 때문이다.

　공간은 시간의 흐름 속에 있다. 언제나 그곳 그 자리로 있는 것이 공간이지만, 그것도 흐르는 시간을 따라 변화하기 마련이다. 형식은 그대로이지만 내용은 바뀐다. 공간의 의미는 시간에 의해 생성되는 셈이다. '대구서적'이란 서점이 '천지삐까리'라는 옷가게로 바뀌었다. 그 절대적 공간은 그대로 있으나 내용은 완전히 달라졌다. 서점과 옷가게의 속성은 천지차다. 시간과 공간이 만들어 내는 주관적 의미는 더욱 섬세하고 미묘한 간격을 드러내고 만다. 내게 '대구서적'이란 그 옛날의 장소가 꿈으로 충만한 젊음이었다면, '천지삐까리'는 어느새 노년을 바라보는 지금의 나와 겹쳐진다. 대구서적을 드나들던 나는 세월 속에 묻혀버리고 이제는 '천지삐까리'가 되어 그곳을 바라본다. 빼거나 더해도 별 차이 나지 않는, 모든 것이 마무리되어 더는 결과가 달라지지 않을 것 같은 무의미. 변화의 능력과 의욕을 잃어버린 무의미 앞에 서 있다. 천지삐까리로 넘치는 것은 하나도 없는 것이나 마찬가지가 아닐까.

왜 나는 '천지삐가리'라는 간판을 보는 순간 그것이 나와 같다는 생각을 했을까? 그리고 난데없이 슬픔이 밀려왔을까? '대구서적'이 사라지고 '천지삐까리'가 되었다는 것을 지각한 후 그 앞을 지날 때마다 발걸음이 무거웠고 쓸쓸했다. 젊음이 지나간 자리에 오롯이 남는 세월의 무게나 삶의 무상감 같은 것인가. 너무 상투적이고 감상적이다. 그래도 할 수 없다. 그것이 내 솔직한 감정이니까 말이다. 발 앞에 그림자처럼 따라와 쌓인 세월이 어느새 이마 높이에 이르렀다. 이제 안다. 그 높이만큼 쓸쓸함도 깊어진다는 것을. 쓸쓸함을 걷어내고 아름다운 날들이 아직 남아 있다고 두 주먹을 불끈 쥐어 볼 수도 있다. 많은 사람이 그렇게 권유하고 가르친다. 그러나 그것은 현실과 동떨어져 메아리처럼 울릴 뿐이다. '천지삐가리' 라는 간판을 걸고 있는 그 옛날의 '대구서적' 이 세월의 파도에 휩쓸려 간 것처럼 나의 청춘도 삶도 그리고 이 봄날도 바람 되어 날아가리라. 중앙통 거리를 걷는다. 무거운 걸음 아래로 내 젊음이 봄바람처럼 지나갔다.

잉여의 기억

그것은 작은 기억에 불과하다. 스쳐 가는 바람결에 묻어나는 정체 모를 냄새 같은 것이다. 오랫동안 굳어진 의식의 두께를 뚫고 한순간 얼굴을 내민 작은 조각의 무의식이다. 그런 기억은 금방 휘발하여 감지되지 않고 지나치고 만다. 그러나 예고 없이 불쑥 솟아오를 때가 있다. 그럴 때는 마치 주인에게서 버림받은 데 대한 앙갚음을 하듯이 기억을 강타하고 달아난다. 어쩌면 그것들은 진흙 속에 묻힌 진주처럼 비루한 일상 뒤에 숨어 있는 삶의 순결한 모습이 아닌가 싶다. 나의 공식 자서전에는 올릴 수 없는, 울타리 너머 잉여의 기억. 그것은 나만의 달콤하고, 두렵고, 무서웠던 비밀의 공간이다.

나는 산골에서 태어났으나 운 좋게도 대도시 중학교에 진

학할 수 있었다. 도시 변두리 허름한 집 문간방에서 자취생
활을 했다. 마당 끝에는 돼지우리가 있었다. 돼지우리의 고
약한 냄새와 돼지들의 괴성에 시달려야 했다. 본채 주인집은
삼 대가 함께 사는 대가족이었다. 집안 대장 격인 주인 할머
니는 나에게 전등 빨리 끄고 자라니, 물 아껴 쓰라니 등등 잔
소리를 심심풀이 삼아 늘어놓았다. 학교 수업을 마치고 집에
돌아오면 시간 대부분을 방안에서만 보냈다. 나와 주인집 사
람들과의 접촉은 간간이 네댓 살 먹은 주인집 아이를 데리고
인근 초등학교 운동장에 가서 놀아 주는 것이 고작이었다.
감옥 아닌 감옥살이를 했다.

　그런데 이 숨 막히는 어린 중학생의 삶에도 얼음판 숨구멍
같은 것이 있었다. 이른 아침이나 공휴일에 가끔 주인집 딸
을 보는 것이 그것이었다. 그녀는 아마 스무 살 정도의 나이
였고 공장에 다녔던 것으로 기억된다. 그녀는 나를 만날 때
마다 내 이름을 부르며 웃는 얼굴로 대해 주었다. 더러는 어
린 중학생이 객지에서 자취하면서 학교에 다니는 것을 두고
위로의 말을 건네기도 했다. 이럴 때면 나는 얼굴이 달아오
르고 가슴이 뛰었다. 그녀의 얼굴을 쳐다보지도 못하고 어쩔
줄을 몰라 후다닥 내 방안으로 숨어들곤 했다. 그리고는 묘
한 기분에 젖어들었고, 한참 동안 아무 일도 할 수가 없었다.
어쩌다가 그 여자가 마당 수돗가에서 긴 머리를 위로 감아올

려 수건으로 묶고 길고 하얀 목덜미를 드러낸 채 엎드려 세수하는 모습을 볼 때는 가슴이 더욱 두근거렸다.

나는 그 당시 학교 도서관에서 빌려 온 정비석의 장편소설 〈산유화〉에 빠져 있었다. 그 작품은 달콤한 연애소설이었다.

내가 근무하던 포대는 본부와 떨어져 언덕 위에 자리 잡은 독립 포대였다. 여섯 문의 포가 있고 백여 명의 장병이 근무하는 아담한 부대에 나는 사격지휘소 분대장을 맡고 있었다.

제대를 일 년도 채 남기지 않은 무렵이었다. 나는 몇 개월 동안 불안, 두려움, 절망 속에서 나날을 보냈다. 끔찍한 시간이었다. 나의 모든 미래는 무너져 내리고 마침내는 파국에 이르고 말 것이라는 절망감에 빠져 지냈다. 거의 자포자기한 상태였다.

일주일간 야외 훈련을 마치고 돌아온 후였다. 나보다 군 경력이 더 많았던 사격지휘소 고참병장이 나를 찾았다. 중요한 문건을 분실했다는 것이다. 여러 가지 군사 정보를 표시한 도판을 훈련 중에 잃어버리고 말았다. 포병 훈련은 차량으로 이곳저곳 신속하게 옮겨다니다 보니 보유 장비를 챙기고 문건을 관리하는 일은 쉽지 않았다. 어디서 어떻게 빠뜨렸는지 오리무중이었다. 담당 병사인 상병은 거의 사색이 되어 있었다. 어쨌든 나는 분대장이었으니 그 책임을 함께 질 수밖에 없는 처지였다. 평상시에는 사격지휘소의 비밀 문건 보관소에 두고 관리하는 중요한 도판을 분실하고 말았으니 큰일이 아닐 수 없었다. 만약 사실이 알려지면, 우리 분대원 모두는 무사할 수가 없었다. 완전히 퇴로가 차단된 고립무원의 공간에 갇힌 듯한 심정이었다.

군용 지프가 부대 안으로 오는 것이 보일 때마다 안절부절 못했다. 상급부대나 보안대에서 우리 일 때문에 온 것은 아닌가 하고 불안에 떨었다. 포대장에게 모든 것을 털어놓을까도 생각해 보았다. 그런데 고참병이 무슨 방법을 동원해서라도 그것을 새로 만들어 볼 테니 그냥 넘어가자고 했다. 잃어버린 도판이 다른 사람 손에서 발견되지 않기를 빌었다. 모심기하던 때라, 그것이 논바닥 흙 속에 영원히 묻혀버리기를 간절히 소망했다.

다행히 아무 일 없이 시간은 지나갔다. 고참병은 나보다 먼저 제대했고, 나도 삼 개월 뒤에 부대를 떠났다. 주무 병사였던 상병도 곧이어 제대했을 것이다. 그 일은 아무것도 일어나지 않았던 것처럼 시간 속에 묻혔고 나의 기억에서도 멀어져 갔다. 당시 불안과 두려움이 너무 커서 빨리 잊으려는 무의식이 작동했는지도 모르겠다.

그때 그 일이 문제가 되었다면, 지금 나는 어디에 서 있을까? 사실은 그것은 아주 하찮은 일이었을 수도 있다. 나 스스로 걱정을 자초하여 불안에 떨었는지 모를 일이다. 우리는 늘 지나면 별일 아닌데도 그 당시에는 세상이 무너지는 듯한 큰 일이라고 착각하지 않는가.

황당하고 부끄러운 실수였다.

나의 실수는 대부분 넘치는 술이 원인이었다. 삼십 대 후반 내가 안동에 근무하던 때였다. 사촌 여동생 결혼식에 참석하려고 강원도 도계에 있는 작은집에 갔다. 야간열차를 타고 이른 아침에 도착했다. 마침 아내는 집안의 다른 결혼식과 겹쳐 동행하지 못했다. 삼촌과 숙모는 모처럼 찾아온 조카가 반가워서 이것저것 음식을 권했다. 거기에다 산더덕주, 머루주 등 집에서 담은 술을 내놓았다. 사촌 형제들과 주거니 받거니 하다가 중국산 독주를 맛보고서야 술판이 끝났다. 결혼식까지는 적잖은 시간이 남아 있었다.

이른 아침부터 마신 술이 오르기 시작했다. 나는 목욕탕에 다녀오겠다며 작은집에서 나와 시내 한복판으로 갔다. 그런데 술에 취해 방향감각을 잃고 말았다. 인사불성이었다. 깨어나서 정신을 차려보니 여관방이었다. 저녁 아홉 시를 지난 캄캄한 밤이었다. 서서히 정신이 들면서 내가 엄청난 실수를 저지르고 말았다는 것을 알았다. 아무런 대책도 생각나지 않았다. 술에 취해 이런 실수를 해보지 않은 사람은 그 낭패감이 어떠한지 이해하기 어려울 것이다.

삼촌 댁에 전화를 걸어 거짓말을 했다. 급한 볼일 때문에 연락도 못 하고 안동으로 되돌아왔다고, 별일 없다고, 걱정하지 말라고, 죄송하다고. 나는 그 밤중에 택시를 타고 도계에서 안동까지 왔다. 네 시간 가량 걸렸다. 주머니에 있는 돈을 몽땅 털어 택시비로 냈다.

내가 갑자기 종적을 감추고 나타나지 않았던 시간 동안 난리가 났다고 한다. 설명을 듣지 않아도 짐작이 가고도 남았다. 그 후 자주 아내와 가족 친지들로부터 그때 무슨 일이 있었는지 추궁을 당했다. 그때마다 대충 얼버무리고 말았다. 사실 그들도 내가 술에 취해 저지른 실수임을 알고서도 모르는 척했다.

술은 좋아하는 나로서는 이런 실수를 피해 갈 수 없었다. 가끔 찾아오는 실수, 그 뒤에 따르는 창피함과 낭패감은 감당하기 어려운 것이지만, 그럴 때마다 허점투성인 나의 실체를 정확하게 확인하곤 한다. 모자라고 못난 존재임을 그대로 인정하고 나면 그 낭패감이 조금은 줄어든다. "세상에 실수 안 하고 사는 사람 있으면, 나와 봐라."라고 속으로라도 큰소리 한번 쳐 본다.

인생살이는 아주 사소한 일들로 채워지는 것 같다. 굵직한 일의 틈새를 작은 일이 메워주므로 우리의 생은 하나로 이어지면서 다양한 의미를 만들어 내는 것이 아닐까. 그런데 대부분 큰 것만을 보고 작은 것은 놓친다. 큰 그물코를 빠져나간 작은 일들, 거기서 발산하는 희로애락이 인생의 진정한 모습이 아니겠는가. 비록 과거 혹은 미래의 내 삶의 조각이 비루하더라도, 나는 그것을 소중히 여길 것이다.

온전히 화려한 삶은 없다. 다만 화려하게 보일 뿐이다.

평균대

운전 중 신호등 앞에 멈춰 섰다.

초등학교 운동장이 훤히 보였다. 초등학생 여자아이 둘이 평균대 위에 놀고 있는 광경이 눈에 들어왔다. 체조를 하고 있었다. 아니 체조를 흉내 내고 있었다. 평균대 위에서 폴짝폴짝 뛰면서 양팔을 수평으로 뻗기도 하고, 오른쪽과 왼쪽 다리를 번갈아 공중차기를 하며 재주를 부렸다. 여자 체조 평균대 연기를 어설프게 모방하는 중이었다. 두 아이는 올해 런던 올림픽 체조 텔레비전 중계를 인상 깊게 본 모양이다.

태풍이 지나간 청명한 하늘엔 뭉게구름이 희한한 모양을 연출했다. 아이 둘이 평균대 위에서 까부는 모양과 너무 닮았다는 생각이 들었다.

아이들의 동작은 놀이고 장난이었다. 그 장난 한구석에는 하늘의 구름 같은 꿈과 욕망이 보였다. 금메달을 목에 거는 꿈이었으리라. 피겨스케이터 김연아나 리듬체조 선수 손연재의 화려한 영광을 갈망했을 것이다.

　욕망은 언제나 위험하다. 아이는 평균대에서 발을 잘못 디뎌 땅으로 떨어지고 말았다. 흙바닥에 고꾸라져 뒹굴었다. 다쳤을지도 몰랐다. 그렇다. 우리의 욕망 안에는 의외의 위험과 파멸의 씨앗이 자라고 있다.

　평균대 위에서 균형을 유지하기는 쉽지 않다. 화려한 재주를 뽐내려면 그 만큼의 위험을 안을 수밖에 없다. 인생살이에서도 균형을 유지하는 것은 매우 어려운 일이다. 그 어려움 가운데 화려한 영광은 덤으로 다가오는 행운이 아닐까 싶다.

익명성

　나는 올여름 뱅뱅 도는 일 몇 가지를 했다.

　그중 하나가 실내 헬스를 멈추고 밤에 동네 중학교 운동장 트랙을 걷는 일이었다. 밤 공기가 후덥지근했으나 그런대로 견딜 만했다. 땀을 흠뻑 흘리고 나면 기분이 좋았다.

　그런데 재미있는 것은 걸으면서 익명성을 즐길 수 있었다는 점이다. 주위 아파트와 가로등에서 새어 나오는 불빛으로 운동장에 있는 물체들의 희미한 윤곽은 눈에 들어왔으나 그것의 정확한 형상은 구별할 수 없었다. 나와 같이 운동장을 걷는 사람들의 희미한 실루엣을 보면서 이런저런 상상을 이어갔다. 이 상상에는 익명성이 보장되었기 때문에 어른의 체면을 넘어서는 이상야릇한 생각도 주저하지 않았다. 그리고 나도 어느 젊은 여성이 하는 대로 엉덩이를 요리조리 흔들어

보기도 하고 양팔을 높이 쳐들었다가 흔들었다가 온갖 지랄 용천을 떨었다. 이런 나를 누구도 이상하게 보지 않았다. 아니 나의 이 같은 해괴한 동작을 다른 사람은 아무도 눈치채지 못했다. 익명성이 작동하고 있었기 때문이다.

나는 반 정도의 익명성이 보장되는 그 시간과 공간에 흠뻑 빠졌다. 그리고 완전한 익명의 블랙홀 속으로 빨려들어 갔으면 좋겠다는 생각을 했다.

모든 존재는 그림자에 지나지 않는다. 그러니 익명이든 실명이든 다를 바가 뭐겠는가.

2부

문명의 우울

세 편의 독후감

지난봄에 수필 선집 한 권을 출간했다. 그간 출판한 여섯 권의 산문집에서 사십 편을 골라 선집으로 엮었다. 수필가로서 창작 활동을 제대로 하지 못하는 처지고 작품조차도 변변치 못한 터라 수필 선집을 내는 것이 선뜻 내키지는 않았다. 하지만 이 일은 오래전부터 나 자신에게 약속한 것이었다. 딸아이 결혼식 때 내 책을 출간하여 식장에 온 분들께 선물하고 싶었다. 이런 연유로《앉은 자리가 꽃자리》라는 수필 선집을 만들게 되었다. 그런데 당일 예식장에서 이 책을 나누어주지 못했다. 혹시 마음에도 없는 책을 받아 불편하지는 않을까, 나 자신을 과시하는 것으로 오해되지는 않을까, 하는 우려 때문이었다. 며칠 지난 후 결혼식에 참석해 준 사람들에게 감사의 뜻을 표하면서 이 선집을 우편으로 한 권씩

우송했다.

책을 보내고 난 후 얼마 동안 긴장감을 늦출 수 없었다. 결혼식 하객 선물로 책을 주는 일이나 책 안의 내용으로 말미암아 내가 한심한 사람으로 비칠지도 모른다는 생각이 떠나지 않았기 때문이다. 괜한 일을 저질렀다고 후회까지 했다. 몇몇으로부터 직접 혹은 전화로 책을 잘 받았다는 인사말을 듣고는 다소 긴장이 누그러졌다.

그런데 세 사람의 독후감은 내 가슴을 찡하게 울려 주었고, 그때까지의 내 마음속 어두운 그림자를 말끔히 지워 주었다. 첫째 독후감은 초등학교 여자 동기가 보내온 메일이었다. 그에게 나의 고향이나 유년시절 이야기가 작은 감동을 주었던 것 같다. "자네 같은 교수 동기가 있어 자랑스럽다."라는 말에 진심이 넘쳤다. 둘째 독후감은 대학교수로 있는 고등학교 동기의 전화였다. 글이 참 따뜻하다며 한마디 덧붙였다. 다른 어떤 긴말보다 여운이 컸다. 세 번째 독후감은 인터넷 신문에 발표된, 소설가인 대학 동기의 긴 서평이었다. 내 글을 그렇게 꼼꼼히 읽고 해석한 사람은 그가 처음이었다. 모두 고마웠고 나에게 과분한 독후감이었다.

텔레비전 화면에 오 초만 얼굴이 나와도 봤다는 사람이 수두룩한 세상이다. 그러나 신문이나 잡지에 꽤 많은 글을 발표했고, 어느 때부터는 매년 한 권 정도의 책을 출간했지만, 내 글을 잘 읽었다고 연락해 오는 사람은 많지 않았다. 영상문화 확대에 따른 활자문화의 위축이 문화 흐름의 대세니 어찌할 수 없는 노릇이다. 더욱이 지방대학의 이름 없는 교수의 글을 누가 주목하겠는가? 대중의 관심은 온통 인기 스타에 집중되는 시대에 재미없는 이야기에 귀 기울이지 않는 것은 당연하다. 한병철 교수는 저서《피로사회》에서 "궁핍한 시대에 사람들은 흡수와 동화에 관심을 가진다. 그러나 과잉의 시대에 이르면 문제는 거부와 배척이 된다."라고 했다. 글과 책의 생산이 넘쳐난다. 과잉 시대에 글과 책이 거부되는 것은 당연한 일인지도 모르겠다.

그런데 문제를 시대 문화의 흐름 탓으로만 돌릴 수 없다. 강물의 흐름도 작은 샘에서 발원된 것이 아닌가. 우리는 늘 여기가 아닌 저 먼 곳에 있는 것을 갈망하고, 일상의 섬세한 무늬보다는 그 뒤에 잠재한 추상적인 본질을 중요하게 생각하는 것 같다. 가까이 있는 존재의 가치에 대해서는 눈멀어 있다. 그러다 보니 '여기'와 '현재'가 늘 불만스럽다. 물론 위대한 고전과 훌륭한 작가의 글을 읽어야 한다. 그러나 유명

인은 아니지만 내 가까이 있는 사람의 말과 글에도 관심을 둘
필요가 있다. 가까이 있는 것을 이해하지 못하고서 어찌 멀리
있는 것을 내 것으로 만들 수 있겠는가.

　이 세 편의 독후감은 내 글쓰기의 고마운 응원가로 오래 기
억할 것이다.

냉소와 허영

실은 생각이 적어서 공부가 모자란 것이 아니다. 실없이 생각이 많은 데다 결국 그 생각의 틀 자체가 완고한 테두리를 이루는 게 오히려 결정적인 문제다. 이 경우에 전형적인 증상은 냉소와 허영이다. 냉소와 허영이란 타인들이 얼마나 깊고 크게 자신의 존재에 구성적으로 관여하는지를 깨닫지 못한 상태를 가리킨다.

- 김영민의 《공부론》에서

오늘 아침에 읽은 글 가운데 한 부분이다. 이 글을 읽으면서 문득 이런 생각을 해 보았다.

수필 쓰기는 자기 자신을 표현하거나 자신에 관해 말하는 방식이다. 자기 체험이나 자기 생각을 떠나서 수필 창작은 불가능하다. 그런데 '자기 생각'은 자아와 무관하게 객관적으로 존재하는 명사형이 아니라, 자아의 활동 가운데 이루어지는 동사형이다. 움직이는 동사형이기 때문에 자기 생각은 통제하지 않으면 자꾸만 자체 속으로 깊이 빠져들고 만다. 자기 속으로 빠져드는 자기 생각을 어느 철학자는 '자서전적 태도'라고 명명했다. 이러한 태도는 심리적으로 세계와 사물을 모두 자기 동일성의 차원에서 이해하고 수용한다.

수필 쓰기는 자기 생각에서 출발하므로 '자서전적 태도'에 갇히거나 '자기 동일성'의 심리를 강화하는 쪽으로 쏠릴 가능성이 크다. 우리가 쓰려고 하는 수필이 자기 생각의 늪에 빠져 허우적거려서는 곤란하다. 자기 생각의 늪에 빠진 수필일수록 독자와의 공감대는 줄어든다. 왜냐하면 '자기 생각'은 타인을 배제하는 속성을 지니기 때문이다.

생각은 공부의 출발이다. 자기 생각 없이는 한 줄의 글도 쓸 수 없다. 자기 생각에 바탕을 두는 수필 쓰기는 더더욱 그렇다.

《논어》에서 "學而不思卽罔"(배우되 생각하지 않으면 어둡다)이라고 했다. 많이 배우더라도 배운 것을 자기 생각으로 주체화하지 못하면 그것은 자신의 앎이 될 수 없다는 뜻이다. 생각하므로 인간은 존재한다. 인간 삶을 이야기하는 문학이 생각을 떠나서 성립할 수 없는 것은 당연하다. 하지만 그 생각이 '자기 생각'의 테두리 안에 갇히는 것이 문제다.

"思而不學卽殆"(생각하되 배우지 않으면 위태롭다)라는 것도 이런 문제를 경계하는 데에서 나온 말이다. 자기 생각의 경계 안에 갇힌 생각은 '위태롭다'. 타인의 생각을 밀어냄으로써 자기 주관에 함몰하고 말기 때문이다. 타인의 생각, 즉 내 밖의 것을 충분히 고려한 가운데 정립된 나의 생각은 튼실하고 설득력이 있는 법이다. 글쓰기 과정에서 내 생각은 타인의 생각을 만나 서로 얽혀 통일된 새로운 구성체를 만들어 낼 때 나만의 개성적인 스타일(style)을 확보한다. 이는 글쓰기에서 내 생각을 '자연화'(보편화) 하는 것이다. 달리 말하면, 보편적인 논리를 획득하는 것과 다르지 않다.

산문문학으로서 수필 쓰기가 이러한 언어의 논리를 구축하지 못하면 위태롭기 짝이 없다. 수필에서 글의 논리성은 문학성보다 앞선다. '말이 되는 이야기'는 수필의 오메가이고 알파다. "'내 생각'만으로는 영영 너의 '사실'에 접근할 수 없다는 사실, 그래서 내 생각의 막膜을 찢고 나가는 모종의 실천적 근거 없이 들먹이는 관념적 상호소통의 이상이 종종 공소하다"는 점을 깊이 새겨야 할 것이다. 남의 말을 경청하지 않는 '냉소', 남에게 자기를 보이기 위해 억지로 만들어진 기이함이나 새로움에 현혹된 '허영'은 수필을 창작하는 사람이 극복해야 할 중요한 과제다.

이야기 속에 내 삶이

"누군가에게 가장 절실한 사연이 왜 타인 앞에서는 진부해
지고 마는 걸까."

"수많은 취객들 사이에 마주 앉아 폴(등장인물 이름)이 들려
준 이야기를 다 듣고 난 지금, 삶이란 신파와 진부, 통속과 전
형의 위험에도 불구하고 말해질 수밖에 없는 것들에 의해 지속
되는 것은 아닐까, 하는 생각이 들었으니"

언제부턴가 나에게 일요일 오후는 게으름, 여유, 한가로움,
무념의 시간이다. 안락의자에 등을 기대거나 거실 바닥에 비
스듬히 누워 텔레비전을 보기도 하고, 지루하면 서가에 손 가
는 대로 책을 뽑아 뒤적이곤 한다.
어느 일요일 백수린의 단편소설 〈폴링 인 폴〉(《창작과 비

평》, 2011년 겨울호)을 읽었다. 위의 두 글귀는 이 소설에 있는 것이다. 두 문장은 작품 중간에 멀리 떨어져 있어, 하나의 의미로 통합하기에는 무리가 따를지 모른다. 그런데 우리가 자신의 이야기를 글로 표현하는 수필 쓰기나 글쓰기를 여기에 대입해 보면 그 뜻하는 바가 예사롭지 않을 듯하다.

　모든 글은 자기 자신의 이야기에서 출발하고 자기 자신의 이야기로 끝난다고 해도 과언이 아니다. 허구 세계인 소설에서도 일부는 소설가의 직접 체험임을 부인하기 어렵다. 그런데 이야기하는 사람의 입장에서는 이야기의 사연이 그보다 더 절실할 수가 없으나, 듣는 사람의 입장에서는 진부하기 짝이 없다는 점이다. 물론 여기서 문학은 '공감'을 내세운다. 말하는 사람과 듣는 사람이 함께 공유하는 공간이 있을 때, 좋은 문학이 된다고 말한다.

　하지만 내 이야기는 듣는 사람에게 감동을 주든지 못 주든지 간에 그것은 처음부터 나의 이야기다. 그것이 신파와 같이 진부할 수도 있고, 누구에게나 엇비슷한 통속적인 전형으로 끝날 위험도 없지 않다. 중요한 것은 그 이야기 속에 내 삶이 있다는 것이다. 말해짐으로써 내 삶은 존재했던 삶이 된다. 존재했기 때문에 의미와 가치를 지닐 수 있다. 내 삶에 관해 이야기한다는 것은 내 삶의 특정한 한 부분을 떼어내어 엮어내는 것이 아니라, 그 자체가 내 삶의 전부인 것이다. 토

해내지 못한 이야기도 내 삶을 구성하는 한 부분으로 어디엔
지 남아 있을는지 모르겠으나 이야기되지 않은 이야기는 삶
의 이야기가 될 수 없다.

글쓰기를 통해서 자기 자신을 이야기하는 것이 왜 의미 있
는 일인지를 새삼 생각해 보게 된다.

문명의 우울

이번에 주위 사람들의 도움을 받아 잡지 하나를 창간했다. 수필 전문 계간지《수필미학》가을호가 그것이다. 오랫동안 마음에 두었던 일이었다. 봄부터 시작하여 올여름 무더위와 싸우면서 창간을 추진해 왔다. 9월 초 그 첫 모습을 보고 함께 참여한 우리는 얼마간 기쁨과 걱정이 교차하는 아슬아슬한 날을 보냈다. 수필가와 문인을 비롯하여 천 명이 넘는 사람에게 창간을 홍보하는 뜻에서 책을 보냈다. 글을 보내 준 필자에게는 적지만 원고료도 지급했다. 책을 받아 본 사람들의 반응이 궁금했다. 전화로, 휴대폰 문자 메시지로, 이메일로, 손편지로 책을 잘 받았으며 창간을 축하한다는 인사를 전해 왔다. 거기다가 정기구독을 하겠다는 사람도 있었다. 그들의 관심이 정말로 고마웠다.

그런데 열의 아홉은 아무런 대답도 없었다. 예상한 바다. 이런 경험을 자주 했기 때문이다. 평론집이나 작품집을 출간하고 주위 사람들에게 번잡함과 수고를 감수하면서 책을 보내지만, 잘 받았다고 인사말을 건네는 사람은 극소수였다. 가족이나 깊은 친분이 있다고 생각했던 사람한테서도 외면당할 때 그 섭섭함은 이루 말할 수 없었다. 마음의 상처도 없지 않았다. 물론 잘 알고 있다. 바쁘고 피곤한 일상 때문에, 혹은 세상사 무덤덤하게 받아들이는 습관이 몸에 밴 마음을 표현하기가 어렵다는 점을. 험난한 인생 여정에서 내 한 몸 제대로 건사하기 어려운데 남 일에 신경 쓸 여력이 없다는 것을. 이렇게 마음 달래는 데 이골이 났지만, 그래도 개운하지 않은 뭔가가 남는다.

　어느 시점부턴가 출간한 책을 다른 사람한테 보내는 일을 될 수 있으면 줄였다. 보잘것없는 것을 가지고 자랑하는 일로 비치거나 관심 없는 사람에게 나를 봐 달라고 귀찮게 구는 일이 될 수도 있다는 생각이 들었다. 또한, 책을 보내고 난 후 인사를 받지 못해도 넉넉하게 마음먹도록 나 자신을 길들여 갔다. 그것은 개인의 문제가 아니라 세상 인심이 그럴 뿐이라고 편하게 생각했다. 하지만 나한테 책을 보내온 사람한테는 반드시 답을 전한다. 직접적인 전화를 우선으로 하고 차선으로 메일이나 문자 메시지를 보낸다. 책을 잘 받았으며 두고 잘 읽겠다고, 책을 보내 주어 고맙다는 인사를 한다. 틀에 박힌 내용이지만 빠트리지 않는다. 자신의 책 한 권을 다른 사람에게 보낼 때의 그 심정과 수고를 누구보다 잘 헤아릴 수 있기 때문이다.

얼마 전 어느 수필가의 신간 작품집을 읽고 작가론을 써서 잡지에 발표한 적이 있다. 잡지사로부터 원고청탁을 받고 쓴 것이고, 그 대가로 충분한 원고료도 받았던 바다. 그런데 해당 작가는 자신의 작품집에 관한 내 글을 육필로 필사한 것을 고맙다는 장문의 편지와 한과 선물까지 보태어 보내 왔다. 고마움을 전할 길을 찾다가 그렇게 했다는 것이다. 이백자 원고지 팔십 장에 달하는 긴 글을 온종일 백지 위에 필사해 간 그의 마음이 깊은 감동으로 전해 왔다. 그는 남의 성의와 배려를 진심으로 고마워할 줄 아는 사람이었다. 이는 그의 글에도 잘 드러났다. 그의 마음은 아름다움 그 이상이었다. 필사한 것을 받고서 나 자신을 되돌아보았다. 다른 사람이 나에게 베풀어 준 고마움을 잊고 살아온 것은 아닌가 하고 말이다.

책을 소중하게 생각하지 않는 시대다. 한 권의 책 선물보다 한 끼 음식 대접이 마음을 더 크게 움직이는 것이 현대 자본주의 사회의 속성이다. 읽고 싶지도 않고 관심도 없는 책에 눈길을 주지 않는 것은 당연하다. 거기다 고마움까지 전해 주기를 기대하는 것은 세상을 몰라도 한참 모르는 일이다. 하지만 안타까운 것은 우리가 모두 받기를 원하지만 무엇을 받을 때 주는 사람의 고마움을 헤아리는 마음이 갈수록 무디어지고 있다는 점이다. 음식이나 물건을 받으면, 그 그릇에 무언가를 꼭 담아서 되돌려 보내던 인정 넘치는 마음 씀씀이는 어디로 갔을까? 편리한 소통의 기기를 소유하고 있으면서도 마음의 문은 꼭꼭 닫고 살아가는 것 같다.

　문명의 우울한 그늘이 점점 짙어져 간다.

반성문 쓰기

　가을비가 몇 차례 내리고 난 후 어느 날 갑자기 겨울이 성큼 다가온 것 같다. 찬바람은 겨울의 전령처럼 몸을 웅크리게 한다. 옷차림도 조금씩 두터워졌다. 강의실 문을 열고 들어오는 사람마다 '춥다'는 말을 연발한다. 히터를 켜야 할 계절이 왔다. 일반인 대상 '문학강의'를 개설해 온 지 꽤 오래되었다. 2년 4학기 80시간 수업 계획으로 시작한 '책쓰기포럼' 팀의 공부는 마지막 학기 종강을 앞두고 있다. 그동안 열심히 써 놓은 원고를 모아 한 권의 책을 발간하면 모든 일정이 끝난다. 조촐한 출판기념회도 계획하고 있다. 일주일에 한 번씩 빠지지 않고 강의실을 찾는 사람들의 연령층은 주로 50, 60대다. 70대까지 섞여 있다. 낮에는 생업에 종사하는 사람도 많다. 그래도 모두 열의가 대단하다.

우리는 수필 공부를 한다. 수필 창작이 공동 과제다. 80주 동안 격주로 한 편의 수필 작품을 창작해야 한다. 그렇게 하지 않으면 중도 탈락이다. 각자 쓴 작품을 읽고 합평도 하고 토론도 벌인다. 글만 쓰지 않는다. 인문학 관련 강의도 듣고, 《논어》와 같은 고전을 읽기도 하고, 세상 돌아가는 이야기도 함께 나눈다. 2주에 한 편씩 작품을 제출하고, 차례가 되면 총평자가 되어 발표도 준비해야 하는데, 이는 결코 만만한 일이 아니다. 때로는 버거워하고 스트레스를 적잖게 받는 눈치다. 그렇지만 대부분 즐거워한다. 가끔 강의실을 요란하게 울리는 웃음소리에서 행복감이 묻어난다. 모두 자기가 하고 싶은 일을 하고 있기 때문일 것이다. 아니 돈 버는 일과 거리가 멀기 때문일 수도 있다.

한 편의 수필을 쓰는 일이 그렇게 대단한 것은 아니다. 사오십 편의 작품을 정리하여 한 권의 수필집을 발간한다 해도 세상 사람은 별 관심을 가지지 않는다. 근래 십여 년 동안 수필 창작 인구가 부쩍 늘었다. 많은 수필집이 쏟아지고 있다. 흔하고 흔한 것이 수필집이라 거의 읽히지 않고 팔리지도 않는다. 전국적으로 문명을 날리는 인기 있는 시인이나 작가도 아니고 연예인도 아닌, 이들의 수필집은 책으로서 명함조차 내밀지 못할지도 모른다. 어쩌다 세상이 주목하면 다행이지만 애초부터 무엇을 바라고 시작한 것은 아니기에 느긋하다. 그러나 이들이 만들려는 한 권의 책은 그 어떤 것보다 위대하고 아름답다. 그 이유는 많다. 가장 중요한 것은 자기 성찰의 결과물이라는 점이다.

글 쓰는 이의 내면의식을 반영하지 않는 글이 없지만, 수필만큼 자기 성찰과 자기 반성을 거치는 글쓰기는 없다. 일상은 반복의 관성에 의해 부지불식간에 흘러간다. 일상으로 점철되는 우리 삶도 그대로 두면 무의미하게, 관습대로, 타율적인 길을 따라갈 뿐이다. 이같이 일상에 묻혀 있는 소중한 의미를 찾아 나서는 것이 수필 쓰기다. 수필은 일상의 발견과 송찬이고, 삶의 긍정이다. 그 가운데 이루어지는 자기 성찰이야말로 수필 쓰기의 본질이고 가치이다. 내면 몰입이나 자의식 과잉은 성찰이 아니다. 경험적인 현실에 직접 접촉하는 자아를 관찰하고 반성하는 것이 성찰이다. 이러한 성찰은 개인적인 존재에만 국한하지 않고 자아와 타자의 관계, 즉 사회적인 차원에서 나의 진정한 위치를 찾으려는 노력이다. 인간답게 살아야 한다는 모럴은 자기 성찰에서 비롯된다.

어느 사회학자는 '더 이상 자기 성찰을 하지 않는다.' 는 점이 현대 우리 사회의 가장 큰 문제점이라고 지적했다. 언론 매체가 보도하는 뉴스를 보노라면 자기 성찰과 자기 반성이 실종된 사회임을 실감한다. 어느 한쪽도, 어느 누구도 성찰의 목소리를 내지 않는다. 똑똑하고 잘나서 지금까지 반성문 한 번 써본 경험이 없는 모양이다. 그러나 나와 함께 수필 공부를 하는 사람들은 꾸준히 자기 반성문을 써 왔다. 앞으로도 그럴 것이다. 그 반성이 실천으로 실행되거나 자기 자신을 바꾸는 데 이바지하는지는 알 수 없다. 그것이 비록 생활실천이 아닌 예술 창작에 지나지 않더라도 성찰의 순간에는 순수하고 진지하다는 점을 알고 있다. 이것만으로도 충분하지 않겠는가. 우리 사회에 자기 자신을 끊임없이 되돌아보고 반성하는 삶을 살아가는 사람들이 있어 얼마나 다행인가.

논문 쓰기에 갇힌 인문학

　같은 지도교수 제자 네다섯 명의 교수가 한자리에 앉았다. 모두 한국 현대문학 전공자들이었다. 나를 제외하고는 사십 대 젊은 나이였다. 수도권 대학과 지방대학에 재직하는 교수가 섞여 있었다. 선배이고 나이 든 나에게 하소연해 왔다. 그들의 주된 이야기는 대학의 황폐해진 제도와 분위기였다. 한국학을 하는 사람도 일 년에 몇 편 이상 외국 학회지에 논문을 제출해야 한다, 교수 종합평가에서 일정 등급에 미치지 못하는 교수는 연구실을 사용할 수 없다, 교수들이 논문을 쓰기 위해 연구실 문을 안에서 잠그고 다른 교수나 학생의 출입을 막는다, 강의를 제외하고는 다른 사람과 일체 접촉하지 않으려고 아예 밥솥을 연구실에 두고 취사를 한다는 등 상상하기 어려운 행태를 자조 섞인 투로 뱉어내었다. 한 마디로 논문 쓰는 기계가 되어야 한다는 것이었다.

학자이므로 교수가 연구를 열심히 하고 그 결과를 논문으로 발표하는 것은 당연한 일이다. 연구 실적이 좋은 교수에게는 다른 사람보다 더 많은 혜택을 주고, 그렇지 못한 교수에게는 불이익을 주어 학문 연구에 매진할 수 있도록 제도를 만드는 것은 어쩌면 오늘날과 같은 무한경쟁 시대에서 피해갈 수 없는 일일 수도 있다. 하지만 반대급부로 빚어지는 폐해가 문제다. 그 핵심이 바로 소위 '논문주의' 연구와 글쓰기다. 예를 들어, 한국 현대문학 전공 인문학자의 논문을 들여다보자. 같은 소수의 전공자만이 읽을 수 있는 글이 태반이다. 대부분 백 년 전의 것을 '현대'라는 이름 아래 무덤을 파헤치고 있다. 오늘날 인문학 교수들은 연구 실적이라는 제도에 갇혀 아무런 현실적인 가치도 지니지 못하는 논문 생산 공장의 노동자로 전락하고 말았다. 나도 그중 한 사람이다.

논문은 학자의 연구 성과를 입증하는 결과물이다. 그 가치는 현실적 효용성에만 국한된다고 보기 어렵다. 미적분을 고등학교에서 공부하는 것을 두고 현실적인 쓰임을 따질 수 없는 것과 마찬가지일 것이다. 진리의 타당성을 추구하는 논문 쓰기는 근대 과학이 발명한 최고의 방법이다. 과학이란 투명한 논리에 신뢰를 보내는 것은 유쾌한 제도임이 틀림없다. 하지만 논문은 다양하고 복잡한 인간 경험을 경직된 하나의 논리 안에 가두어 버린다. 또한, 그것은 모든 것을 일관된 틀로 설명할 수 있다는 서구 근대의 독선이다. "정밀성과 객관성이라는 근대적 이념의 틀로써만 우리의 글쓰기를 좌지우지하는 태도는 결국 남의 쓰레기를 수집하는 것으로 생계를 유지하는 것과 다를 바 없다. 음식의 구걸도 서러운데 깡통조차 빌려쓴다." 철학자 김영민의 논문주의 글쓰기에 대한 비판이 가슴에 와 닿는다.

인간성을 탐구하고 옹호하는 것이 인문학의 본질이다. 인간성은 인간이 생물학적 종으로서 타고난 본성만을 지칭하는 것이 아니다. "인간이 자연적으로 소유하게 되는 성질에 추가되어야 하는, 그래서 기존의 인간을 더 인간적이게 하는 잉여의 성질이 인문주의의 인간성이다."(김상환의 《철학과 인문적 상상력》에서) 인간성을 탐구하고 실천하는 인문학은 인간다운 인간에 대한 관심이다. 과학적 객관성의 잣대로 인간을 재단하는 것이 아니라, 인간 삶의 진정한 의미와 가치를 찾아 나서는 일이 인문학의 본령이다. 인문학은 인간 존재를 긍정하고 그 다양성을 용인하며 인간다운 삶의 길을 제시한다. 그것은 인간의 진정한 가치를 훼손하는 장애 요소를 극복하고자 하는 실천적 노력이고 정신이다. 연구실의 밀폐된 공간과 텍스트에만 안주하는 논문 쓰기는 인문학의 포기다.

대학교수인 나에게 논문 쓰기는 밥줄이고 자격이다. 그렇지만 누구의 관심도 불러일으키지 못하는 허공 속의 메아리 같은 말과 논리를 남발하는 나 자신이 한심스럽기까지 하다. 위기를 절실히 깨닫고 연구실을 뛰쳐나와 대중 속으로 달려가는 실천적 인문학의 목소리가 곳곳에 들리는데, 대학은 이를 외면하고 교수들로 하여금 연구실 안 논문 쓰기로 칩거하도록 만드는 현실이 안타깝다. 그래서 나는 논문 한 편에 주어지는 보상보다 몇 줄의 글로 이 공간에 새겨지는, 어설프지만 생생한 내 목소리를 더욱 소중하게 여긴다.

새로운 책의 시대

　은행잎이 샛노랗게 물들었다. 가을이 깊었다. 가을을 떠올리게 하는 표상에는 여러 가지가 있다. 그중 하나가 책을 읽다가 노란 은행잎이나 붉은 단풍잎 하나를 책갈피에 꽂아 두고 높은 가을 하늘을 쳐다보는 장면이 아닌가 싶다. 가을이 독서의 계절이란 상투적인 말을 굳이 거론하지 않더라도 '독서하는 사람'은 가을의 대표적인 이미지다. 하지만 가을이 절정에 이른 지금, 주위를 아무리 둘러보아도 독서하는 사람을 만나기가 쉽지 않다. 스마트폰 화면의 문자를 읽는 것도 독서라면 온 국민이 독서삼매경에 빠졌다고 할 수 있으나, 그것을 독서라고 하기에는 석연치 않다. 우리는 디지털문화 시대를 맞이해 갈수록 책에서 멀어지고 있다. 과연 책의 운명은 어떻게 될까?

디지털 기기가 우리의 일상을 점령했다고 금방 책이 사라지지는 않는다. 앞으로 종이책은 전자책과 공존을 모색할 것이다. 즉, 종이책이 스스로 변신해 갈 것으로 보인다. 21세기 지식산업의 화두는 '무엇을 어떻게 연결해 말할 것인가' 이다. 이제 전통적인 책의 형태나 말하기 방식으로는 대중과 소통할 수 없다. 정보의 홍수 시대에 종이책이 살아남으려면 디지털 매체가 보여 주지 못하는 다른 것을 보여 주어야 한다. 판타지, 처세술, 기술서 같은 책은 이미 전자책으로 옮겨가고 있다. 이러한 종류의 책은 영상, 그래픽, 그림 등과 함께 전달하는 것이 훨씬 효과적이기 때문이다. 반면 종이책은 근원적인 질적 변화를 모색하면서, 전자책과의 차별화를 통해 생존을 추구해야 한다.

전자문화 시대에 겉으로 드러나는 현상만을 보면 책과 독서는 위축되었고, 그 위상은 추락한 것으로 보인다. 종이책의 독자 대부분이 전자 미디어로 옮겨 가 책동네에는 아무도 남지 않은 것같이 보인다. 활자문화 시대의 시각으로 바라보면, 책과 독서는 힘을 잃고 허우적대는 패잔병과 다를 바 없다. 그러나 다른 시각에서 책과 독서를 파악해야 한다. 즉, 책과 독서에 대한 인식 전환이 필요하다. 활자시대 책은 지식과 문화의 중심에 있었다. 인류의 모든 생각과 정서는 책을 통해 표출되었다. 책이 온 세계를 관장하다 보니 진정한 책은 늘 조야한 책들에 가려 제 빛을 발산하지 못했다. 구텐베르크 은하계에서 책다운 책은 묻혀 있었거나 사라졌다. 이제 그 진정하고 책다운 책을 되찾을 때가 되었다.

진정하고 새로운 책의 시대, 독서의 시대는 책과 독서에 대한 자의식을 발동하여 그것의 본질적 의의를 자각하는 시대다. 그동안 책과 독서가 감당했던 다양하고 주변적인 역할을 내려놓고 가장 기본적인 것에만 집중할 필요가 있다. 그럼으로써 책과 독서의 정체성이 오롯이 드러날 것이다. 객관적인 정보를 생산하고 유통시키는 기능은 상대적 우위에 있는 디지털 매체한테 유쾌하게 넘겨주면 된다. 책과 독서는 자기 본연의 영역만을 견지함으로써 오히려 그 존재 가치가 더욱 확고해질 것이다. 그것은 바로 디지털 매체가 독서에 큰 타격을 입힌 '사고력' 부문일 것이다.

책과 독서의 존재 가치는 '사유의 힘'이다. 책은 세상을 바꾸고, 인간을 바꾼다. 독서를 하면서 인간은 어둠의 세계에서 밝음의 세계로 나올 수 있다. 즉, 독서를 통해 인간은 스스로 상상한 또 다른 세계를 만들어 간다. 사유하는 존재로서 인간 본연의 정체성을 확립하려면 독서는 필수적이다. '생각하는 힘'의 원천이 독서이기 때문이다. 독서가 지닌 사유의 힘은 더욱 인간다운 삶의 가능성을 열어 준다. 그러기에 책은 인간 삶의 질을 높이는 중요한 매체로 남을 것이다. 미래의 어떤 매체도 '사유의 힘'이란 점에서 책과 독서를 능가할 수 없기 때문이다. 왜 우리는 책을 만들고 독서를 해야 하는가, 왜 우리는 새로운 책과 독서의 시대를 열어야 하는가? 인간은 생각하는 존재라는 것이 그 답이다. 생각을 멈추지 않는 한 인간을 책을 버릴 수 없다. 책과 독서는 인간의 존재의 가치이고 가능성이다.

냄비 받침대

아들의 이야기는 작은 충격이다.

모처럼 만에 가족이 모두 한자리에 앉았다. 결혼해 떨어져 사는 딸과 사위, 올여름 취업해 객지에서 생활하는 아들이 주말에 집에 왔다. 내가 술을 좋아하는 터라 밤에 온 식구들이 둘러앉아 술잔을 주거니 받거니 했다. 술기운이 제법 오를 무렵 가족들에게 내 서운한 마음을 약간의 훈계조로 털어놓았다.

올여름 더위 속에서 《수필미학》이란 수필 전문 계간지를 창간했다. 잡지가 나온 얼마 동안은 기분이 들떠 있었다. 여러 사람에게 자랑도 하고 싶었고, 많은 사람으로부터 축하와 위로의 인사도 받고 싶었다. 전국 각지에서 격려의 메시지를 보내 준 사람도 있었으나 내 생각같이 관심을 두는 사람이 그리 많지 않았다. 서운함이 컸다. 특히, 나와 가깝다고 생각했던 사람들의 무관심이 더 무겁게 다가왔다. 우리 가족도 그랬다. 한여름의 더위에도 아랑곳하지 않고 서재에 붙어 앉아 잡지 창간에 골몰했던 것을 가까이에서 지켜보지 않았던가. 창간된 책을 보고 별 반응 없이 무덤덤했다. 서운한 정도가 아니라 화가 날 지경이었다. 그래 각자 관심거리가 따로 있을진대 내 일에 환호를 보내지 않는다고 화를 내는 것은 어른답지 못한 것 같아 마음을 가라앉혔다.

그런데 정말로 화나게 한 일이 있었다. 주말에 왔다가 직장이 있는 곳으로 돌아가는 아들에게 같은 부서에 근무하는 동료들에게 한 권씩 선물하라고 여남은 권의 《수필미학》을 건네주었다. 그러자 아들은 그냥 알았다고 하면서 책을 받았다. 며칠 후였다. 우연히 아들 방에 들어가 보니 그 책이 방 한구석에 그대로 있는 것이 아닌가. 고의로 두고 갔든 잊어버리고 그냥 갔든 간에 괘씸한 마음이 앞섰다. 아들이 내 마음을 조금도 이해하려 하지 않는다는 생각이 들었다. 하지만 다 큰 자식을 부모라고 어찌할 수 없다는 것을 배워가는 중이라 서운한 마음을 떨쳐 버리려고 애썼다.

술자리가 한참 진행된 후 가족이 모인 가운데 아들에게 그럴 수가 있느냐고 따져 물었다. 그러자 아들이 뜻밖의 이야기를 했다. 내 책을 누구에게도, 특히 가까운 친구한테는 주기가 싫다고 했다. 싫은 이유를 아들은 이렇게 말했다. 언젠가 내 수필집을 친구에게 주고 얼마 지난 후 그 책에 관해 물어볼 기회가 있었는데, 그 친구의 말이 자취방 라면 냄비 깔판으로 잘 쓰고 있다고 농담조로 대답하더라는 것이다. 그 말을 듣고 아들은 화가 나서 유리컵을 벽에 던지며 친구와 대판 싸왔다고 했다. 그 이후로 아버지의 책이 친구에게 함부로 대접받는 것이 자존심 상해서 아예 책을 주고 싶은 생각이 없다는 것이다. 그리고 지금 젊은 사람 대부분은 책을 읽지 않는다, 책을 주면 고마워하기는커녕 귀찮아하니 애써 책을 주고 읽으라고 해도 소용없다고 오히려 나에게 충고를 했다.

그 순간 나는 길고 어두운 동굴을 빠져나온 것 같았다. 미망에서 깨어난 듯했다. 말로는 늘 '객관적인 관점'이나 '타자의 입장'을 입에 담으면서 정작 실천에서는 그렇게 하지 못했다. 나만의 기준으로 세상을 보고 판단하는 어리석음에서 아직 한 치도 벗어나지 못하고 있었다. 활자문화 시대 총아인 책은 이제 디지털문화 시대의 영상에 밀려날 수밖에 없음을 나 스스로 자주 이야기하지 않았던가? 그러면서도 내 책만은 소중히 여겨주기를 바라는 것은 모순이 아니고 무엇인가.

고려 시대 김부식도 《삼국사기》 서문에서 자신의 책이 간장독 덮개로 사용되지 않기를 빌지 않았던가. 책이 천덕꾸러기가 된 이 시대에 내 책이 더러 라면 냄비 받침대로 쓰인다고 분노하거나 마음 상할 일은 아닌 것 같다.

하지만 허전함은 어쩔 수 없다.

우리 문학 안녕한가요

《현대문학》이라는 월간 종합문예지가 있다. 1955년에 창간
되었으니 60년 가까운 역사를 걸어온 셈이다. 유서 깊은 잡지
임이 틀림없다. 우리나라 최장수 문예지로서 수많은 문인의
글이 이 잡지를 통해 독자에게 다가갔다. 문학을 사랑하는 사
람이면 누구나 이 문예지를 가까이 두고 싶어 했다. 그런데
어쩐 일인지 올해 들어 이 잡지는 두 번이나 실망스러운 일로
뉴스의 중심에 놓였다. 첫째는 9월호에 수록된 박근혜 대통령
의 수필에 대한 어느 평론가의 글과 편집부의 편집 후기였다.
지나친 상찬이 세인의 눈살을 찌푸리게 하고 심기를 불편하
게 했다. 둘째는 이 잡지가 몇몇 소설가의 작품 연재와 수록
을 거부하면서 불거진 최근의 일이다. "순수문학을 지향하는
잡지이기 때문에 정치적으로 가시화된 작품을 다루지 않는

다.”라는 편집 주간의 변명이 궁색해 보인다.

　문학은 인간 삶에 관해 이야기한다. 인간 존재의 본질을 탐구하고 삶의 진실을 캐묻는 작업이다. 즉, 인간 삶의 가치를 바로 세우는 것이 문학의 고민이고 책무다. 문학이 인간 존재의 한계와 결핍, 이 사회의 부조리와 모순, 비인간적인 정치와 제도를 외면하고서는 이러한 책무를 다 하기 어렵다. 물론 문학도 예술의 한 분야인 만큼 미적 지향은 인간탐구만큼이나 중요하다. 이는 근대에 들어와 ‘아름다움’의 개념이 정립되면서 더욱 강조되었다. 하지만 미적 순수주의는 문학을 현실 밖으로 밀어내는 데 앞장섰다. 현실을 벗어난 이상 세계를 꿈꾸는 것이 문학의 본령이라는 인식이 확대되었기 때문이다. 그 결과로 탈정치가 순수문학이라는 등식이 기세를 떨치고 있다. 문학의 심미성 앞에서 역사, 사회현실, 이웃, 공동체 등은 괄호 안에 갇히고 만 것이다.

　1970년대와 1980년대, 사회적 상상력이 넘쳐났던 우리 문학을 기억한다. 남북분단과 냉전체제, 정치적 억압과 탄압, 자본주의와 산업사회의 비인간화, 도시 중심 문화의 급작스러운 등장과 전통 상실 등은 문학의 중요한 과제였다. 이때의 문학은 내가 행복하고 인간답게 살기 위해서는 사회 전체가 바로 서야 한다고 인식했다. 이웃과 공동체도 나에게 소중한 존재임을 깨우쳐 주었다. 나만이 편하고 행복하면 된다는 것이 아니라, 함께 잘살자는 윤리적 주체가 되고자 했다. 사회적 문제와 모순에 주목하고 비판과 저항정신을 잃지 않았다. 물론 폐단도 많았다. 문학을 정치와 이념의 도구로 추락시킨 극단적인 경우도 있었고, 문학의 다양성을 고려하지 못하고 획일화하는 경향을 드러내기도 했다. 즉, 광장의 이념만 내세운 탓에 밀실의 개인적 감성이 설 자리가 없었다. 문학의 한 방향만을 추종한 결과 다른 방향을 놓치고 말았다. 그 당시 정치 과잉이 오늘날 정치 외면에 구실을 제공했는지도 모른다.

1990년대에 들어오면서 우리 문학은 슬그머니 개인의 밀실로 잠입하고 말았다. 전 시대의 활기찬 광장의 목소리는 사라지고 개인의 내면세계가 문학의 전역을 점령했다. 이는 컴퓨터 시대의 도래와 무관하지 않다. 인터넷이 일상에 자리 잡고 디지털 시대가 열리면서 문학의 개인성은 점점 굳어져 갔다. 디지털 영상문화 시대의 개막으로 문학이 현대 문화의 중심에서 밀려나면서 자본도 문학을 떠나기 시작했다. 궁핍해진 문학이 어쩔 수 없이 자본에 순응하면서 그 본래의 현실 비판과 저항의 칼날이 무디어 갔다. 자기 고백적이고 자아 중심적인 글쓰기인 수필이 2000년대 문학의 총아로 대중의 환호를 받고 있는 것도 이러한 시대 변화를 잘 말해 준다. 문학이 '나와 너의 관계'에서 벗어나 '나'에만 집중한 나머지 돈에 대한 욕망을 노골적으로 드러낸다. 돈방석과 상금을 겨냥한 문학 창작이 버젓이 좌판을 펴놓고 있다. 개인적인 욕망에 갇힌 오늘의 문학이 다른 사람과 사회 현실에 눈 돌릴 여유가 있겠는가.

　현재 우리 문학은 '안녕하지 못하다.'

3부
==========
고향전설

나는 산골 촌놈 출신이다

　내 고향은 '경북 의성군 신평면 교안리 절골'이다. 대구에서 안동으로 가는 국도를 타거나 중앙고속도로를 타고 봉양면 도리원에서 내려 927번 지방도로를 따라가면 안평면을 거쳐 신평면에 이른다. 신평면은 1990년 안사면이 분리되어 나가기 전에는 남북으로 뻗은 산맥 사이로 세 개의 큰 골짜기에 걸친 아주 넓은 면에 속했다. 지금은 검곡리와 교안리와 청운리로 이어지는 면 소재지 골짜기와 중율리와 덕봉리와 용봉리로 이어지는 중율 골짜기 두 지역으로 이루어졌는데, 500여 가구에 900명에도 미치지 못하는 인구가 사는 전형적인 산촌이다. 임야가 85%나 차지하고 농지는 겨우 10% 정도에 불과하니 농촌보다는 산촌이라고 하는 것이 맞을 성싶다. 더구나 내 고향 교안 3리 '절골'은 큰 도로에서 한참 산골짜기로 들어가는데, 지금은 10가구 정도가 사는 아주 작은 마을이다. 절골은 옛날 이곳에 절이 있어서 얻은 이름으로 지금은 절터만 남아 있다. 사방이 산으로 둘러싸여 하늘만 빼꼼히 보이는 산골 중의 산골이다. 나는 이곳에서 태어나고 유년을 보냈다. '지독한 산골 촌놈' 출신이다.

몇 년 전 《조선일보》가 우리나라 10대 오지를 발표했는데, 그중에 신평면이 4위에 속한다고 했다. 객관적인 자료와 기준에 따른 결과이겠지만, 처음에는 어떤 착오가 있었을 것으로 생각했다. 오지가 뜻하는 바는 그만큼 현대문명의 편리함과 문화 혜택으로부터 소외되었다는 것이 아니겠는가. 나한테 익숙해서 그 불편함을 감지하지 못했다 하더라도 내 고향이 그렇게 산골 오지 마을이라는 점을 수긍할 수 없었다. 그런데 한편으로는 그게 사실일 수도 있다는 생각이 들었다. 이런 말을 자주 들었기 때문이다. 신평중학교에 근무하는 교사들이 근무 평점으로 받는 오지 점수가 경북에서 울릉도 다음으로 높다는 이야기가 그것이다. 빠른 승진을 위해 신평중학교 근무를 자원하는 사람도 있었다고 한다. '오지' 라는 이름 자체가 문제 될 것은 없다. 하지만 '오지' 는 단지 객관적인 산골 공간이 아니라, 그 공간에서 살아가는 사람들의 구체적인 삶의 모습이다. 거친 자연환경에 맞서는 육체적 고통은 오지 사람들의 피할 수 없는 일상이었다. 그것은 생존을 위해 벼랑 끝에 서는 것과 다르지 않았다.

  나는 오지 마을 신평면 교안리 절골에서 태어나 초등학교까지 그곳에서 유년을 보냈다. 문명화된 세계와는 철저히 단절되어 사계절 변화하는 자연 속에 묻혀 살았다. 틈틈이 부모님의 농사일을 돕고 동무들과 산야를 뛰놀았던 철부지 소년은 가끔 교과서를 통해 미지의 세계를 동경하기도 했다. 그러다 기회가 주어져 초등학교 졸업 일 년 후 대구로 유학하게 되었다. 나의 유학 생활은 우리 집이 소유한 유일한 논 삼백 평을 팔아 대구시 변두리 돼지우리가 있는 어느 집 문간방을 전세 얻어 자취하는 것으로 시작되었다. 그해가 1968년이었으니 고향을 떠난 지가 40년이 넘은 셈이다. 결코 짧은 세월이 아니다. 그렇지만 나는 이 세월 동안 한 번도 고향을 떠난 적이 없었다. 형님이 아직도 고향에 그대로 살고 있다. 명절이나 조상 제사 때, 조상 묘역을 벌초할 때나 집안의 대소사가 있을 때, 나는 빠지지 않고 고향을 찾는다. 그것은 어떤 이유나 도리 이전에 내 몸에 밴 생활 습관이다. 굳이 말한다면, 무의식 속에 잠재하는 고향에 대한 애정이 아닐까. 그리고 내 존재 뿌리에 대한 자존심일지도 모른다.

요새는 자동차로 대구에서 출발하여 고향 마을에 도착하기까지 한 시간 반이 채 걸리지 않는다. 1966년 대구에서 고향으로 버스 길이 처음 열린 이후로 고향에도 많은 변화가 있었다. 1970년대 우리나라가 본격적인 산업사회로 접어들면서도 우리 고향에도 전기가 들어오고 오일장도 생겼다. 안동과 이어지는 버스 길도 개통되었고, 중앙고속도로가 뚫리고 인접 지방도로가 정비되면서 교통이 아주 편리해졌다. 새로 경북 도청이 들어서는 곳까지는 자동차로 20분이면 충분하다. 이제 '오지 마을'은 옛 이름표에 불과하다. 그리고 한편으로 면 공무원, 면 주민, 출향민이 합심하여 이 지역을 널리 알리고자 노력하고 있다. 그중 하나가 매년 5월 중율리에서 개최되는 '신평 왜가리 축제'이다. 왜가리는 의성군 군조로서 풍요를 상징하는 길조다. 신평면 중율리 속칭 청학마을에 해마다 천여 마리의 왜가리 무리가 찾아와 집단으로 서식한다. 그런지가 벌써 50년이 넘었다고 한다. 봄마다 왜가리가 찾아오듯이 고향을 떠난 많은 사람이 귀향해서 신평 전체가 북적대는 고장이 되었으면 좋겠다.

신평은 산촌이라 논이 적어 밭농사가 주를 이룬다. 특히 마늘과 고추 농사를 많이 짓는다. 일교차가 커서 품질 좋은 과일이 생산되기도 한다. 하지만 '왜가리 집단 서식지'를 제외하고는 특별히 내세울 명소나 명물이 없다. 그 흔한 사찰, 석탑, 서원, 고가도 없다. 역사상 유명한 인물이 태어난 곳은 더더욱 아니다. 우리 고향 출신으로 이름을 널리 드높인 예술인, 정치인, 기업가도 그리 흔치 않다. 지난 시절 내 고향 사람들은 척박한 땅에서 뿌리내리고 생존하는 것만으로도 벅찼다. 정신적 풍요와 문화적 욕망보다 배고픔을 이기는 것이 급선무였을 것이다. 전후에 태어난 베이비붐 세대 대부분은 초등학교만 졸업하고 청소년기에 고향을 떠나 도시로 나가 고된 노동자의 길을 걸었다. 공부의 길을 걸었던 나는 엄청나게 운 좋은 사람이다. 나보고 대학교수가 되었으니 개천에 용 났다고 할는지 모른다. 그런데 아니다. 정말로 용이 된 사람은 고향 떠나 산업 현장에서 힘들게 일한 사람이다. 객지에서 끈기 하나로 삶의 터전을 새로 개척해 나간, 내 고향의 이런 사람들을 정말로 자랑스럽게 생각한다. 우리 고향 의성 신평 사람들은 의지가 강하고 끈기가 있어 절대로 좌절하지 않는다.

안평면과 신평면 경계가 지점에 속칭 '니실재'라고 불리는 고개가 있다. 나는 고향에 갈 때마다 이 니실재 고갯마루에서 고향 쪽을 바라본다. 내가 다녔던 신평초등학교를 비롯하여 신평 장터와 면사무소 등이 저쪽 멀리 희미하게 그려진다. 그리고 내 시선은 아버지와 어머니가 잠들어 계시는 선영에서 멈춘다. 고향 땅으로 들어올 때나 벗어날 때나 이곳을 지나면서 나는 마음속으로 "아버지 어머니, 저 또 왔습니다." "저 이제 갑니다. 편히 계십시오."라고 말한다. 어느 시점에서는 귀향하여 고향에서 생을 마감할 수도 있다. 그렇지 않는다고 해도 건강이 허락하는 날까지 나의 고향 가는 일은 그치지 않을 것이다. 지금 고향에 남은 사람 대부분은 고령이다. 시골에 계시는 나의 형님 내외도 일흔을 넘겼다. 이들은 고향 지킴이다. 흙과 함께 살면서 고향을 지켜온 이들에게 감사하는 마음에서라도 자주 고향에 들르려고 한다. 화려한 이름을 가진 곳은 아니지만, 그곳이 내 고향이기에 찾아가고 사랑하는 것이다. 찾아갈 고향이 있고, 고향이 나를 배척하지 않으니 얼마나 좋은 일인가.

내 인생의 출발점이었던 '의성군 신평면 교안동 절골', 나는 내 고향인 이곳을 사랑한다. 그리고 이 산골 오지에서 태어난 것을 자랑스럽게 생각한다.

형님과 오미자

    나의 오미자 중개상 노릇은 추석 후 이십 일이 지나서야 마무리되었다. 추석 보름 전부터 시작했으니 한 달 이상 이 일을 한 셈이다. 말만 오미자 중개상이지 직장생활을 하는 내가 어찌 여기에 매달릴 수 있었겠는가? 기껏해야 주위 아는 사람들로부터 주문받은 것을 형님한테 문자 메시지로 알려 주거나, 받은 대금을 송금하는 일이 고작이었다. 아내까지 거들었다. 올해 형님이 수확한 오미자는 우리 부부가 거의 팔았다고 해도 과언이 아니다. 호황이었다. 끝에 가서는 생산량이 부족해 주문을 다 들어 주지 못했다. 형님은 부치자니 힘들고 묵히자니 아까운 산언덕 뙈기밭에 오미자나무를 심어 삼 년 전부터 수확해 왔다. 올해는 농사가 잘되었다. 더욱이 오미자가 건강에 좋다는 입소문이 퍼지면서 그 수요가 급증했다. 함께 수필 공부하는 여남은 명이 직접 밭에 가서 오미자를 따 주고 필요한 만큼 사오는 '오미자 현장체험'을 하게 되었다. 이를 계기로 나는 오미자 중개상으로 나섰다. 형님한테 도움을 준다면 귀찮더라도 무엇이든 기꺼이 할 수 있다는 생각이었다.

형님은 삼십 대부터 줄곧 산촌인 고향에서 농사를 짓고 살았다. 한 분뿐인 형님은 나보다 열두 살이나 위여서 거의 부모 맞잡이나 다름없었다. 지병으로 병석에 있다가 일찍 돌아가신 아버지를 대신해 집안 가장으로서의 짐을 오랫동안 져 왔다. 부모 공양, 동생 공부 뒷바라지, 자식 키우기, 조상 봉제사와 선영 돌보기 등 만만찮은 일을 일흔이 넘은 지금까지도 하고 있다. 형님은 해방되기 몇 해 전에 일본에서 태어나 대만을 거쳐 다섯 살 때 지금 고향에 왔다. 귀국한 대가족이 농사지을 밭 한 고랑 없어 산지를 일구거나 소작을 얻어 겨우 입에 풀칠하던 터라 유년을 무척 어려운 여건에서 보냈다. 전후에 초등학교를 졸업하고 지역에 있는 중학교에 다녔지만 중퇴할 수밖에 없었다. 가난 때문이었다. 그 후 인근 여기저기서 한문을 배우기도 하고 도시로 나가 점원으로 일하기도 했다. 어머니는 맏이를 계속 공부시키지 못한 데 대한 부모로서의 죄책감을 평생 안고 사셨다. 학교 다닐 때 총명하여 우등상을 놓치지 않았던 형님한테는 공부 운이 따르지 않았던 모양이다.

내가 오늘 이렇게 별 탈 없이 살아갈 수 있는 것은 많은 부분이 형님 내외분의 보살핌 덕분임을 잘 알고 있다. 나는 초등학교 졸업 후 일 년 동안 중학교에 진학하지 못하고 고향에서 부모님의 농사일을 도우면서 지냈다. 이런 나를 바라보는 부모님의 마음도 편치 못했을 것이다. 하지만 별다른 방도가 없었다. 이때 마침 형님이 군에서 제대하고 돌아왔다. 어떤 계기가 작용했는지는 모르지만, 형님은 '사람은 배워야 한다' 는 신념을 나에게 반복해서 주입했다. 나는 형님의 독려로 진학 준비를 했고, 마침내 대구 어느 중학교 입학시험에 합격했다. 그 이듬해 봄, 우리 집 소유의 유일한 논 삼백 평을 팔아 입학금을 마련하고 유학길에 올랐다. 이때 형님은 이미 결혼하여 조카까지 태어났는데도, 아내와 아들을 고향에 두고 나와 함께 객지로 나왔다. 나는 형님의 도움을 받아 중고등학교를 졸업하고 대학 공부까지 마칠 수 있었다. 어머니는 기회가 있을 때마다 나한테 '형의 은공'을 잊어서는 안 된다고 누누이 당부했다.

형님은 군 제대 후, 도시에서 직장을 구해 자리 잡으려고 했으나 그 꿈을 이루지 못했다. 나와 함께 시작한 형님의 객지 생활은 오 년이 안 되어 끝났다. 병석에 계신 아버지를 돌보고 집안을 책임져야 한다는 맏이로서의 의무감 때문에 고향으로 돌아와 농사를 천직으로 알고 살아왔다. 아직도 조상기제사를 '자시子時'에 지내기를 고집한다. 내일 출근할 시동생과 아들의 편리를 위해 초저녁에 지내자는 형수님의 제안을 받아들이지 않는다. 동생과 자식 사정은 이해하지만, 전통과 원칙을 지키고 싶어 한다. 그렇다고 이웃이나 주위 사람에게 융통성 없이 깐깐하게 대하는 것은 아니다. 남과 어울려 놀기도 좋아한다. 명절 때면 멀리 있는 일가친척에게 일일이 전화로 인사를 빠트리지 않을 정도로 예의범절이 몸에 배어 있다. 특별한 이념이나 종교를 가지지는 않았지만, 정치나 사회에 대한 자기 생각을 논리적으로 펼치기도 한다. 언제나 새벽에 일어나 들로 나간다. 재물을 모으려고 욕심을 부리거나 농사 외에 다른 것을 크게 부러워하지 않는다. 그는 부지런하고 소박한 농부다.

추석날이었다. 마을을 지나 산골짜기에 있는 오미자밭으로 향했다. 집집이 고향을 찾은 사람들의 자동차가 즐비했다. 하지만 허물어져 가는 빈집이 곳곳에 있었다. 잡초 무성한 옛 집터도 눈에 들어왔다. 삼십 호에 가까운 마을이 이제는 열

집 정도가 남았다고 한다. 모두 무엇을 찾아 어디로 떠났을까? 골짜기에 접어들었다. 예전에 죽을 힘 다해 일구었던 전답도 잡목이 우거져 산으로 변했다. 마을과 산야가 마치 알맹이 빠져나간 거푸집 같았다. 그렇지만 이 거푸집이 있었기에 떠난 자들의 성공과 영광도 가능했으리라. 오미자밭에는 빨갛게 잘 익은 송이가 수확을 기다리고 있었다. 형님 말에 따르면, 덩굴과 잎 속에 묻혀 있는 오미자 송이가 햇빛에 드러난 것보다 알도 더 충실하고 색깔도 더 곱다고 한다. 그렇다. 형님의 인생이 덩굴 속에 묻힌 오미자가 아니겠는가? 동생과 자식들 뒷바라지에 힘을 쏟느라 정작 자신의 욕망은 챙기지 못했는지도 모른다. 겉은 거푸집처럼 보이지만 형님의 삶은 덩굴 속에서도 잘 익은 오미자 같다는 생각이 들었다.

올해 나한테 가장 신 나고 보람 있었던 일은 아마도 오미자 중개상 노릇이 아니었던가 싶다.

고향전설

    결국 오천 원 거스름돈을 받지 않았다. 아니, 받을 수 없었다.

    구월 초순 어느 날 밤이었다. 경산에서 술자리를 끝내고 대리운전으로 귀가하게 되었다. 경산에서 대구 북구 서변동까지 대리운전 공식요금은 만 오천 원이었다. 그런데 아파트 지하주차장에 도착해서 대리기사에게 만 원짜리 두 장을 주고 오천 원 거스름돈은 '그만 됐심더' 하면서 여유만만하게 팁으로 돌렸다. 사실 한순간 만 원짜리 한 장을 더 얹어 줄까, 하는 생각이 들기까지 했다.

    대리기사가 나와 같은 고향 사람이라는 것이 이 같은 여유를 부리게 한 이유였다. 대한민국 국민치고 동향인에 관해 너그럽지 않은 사람은 아무도 없을 것이다. 그놈의 고향이

무엇인지. 그날 밤 고향 사람을 만나면서 나의 셈은 엉키고
말았다.

대리 기사의 첫인상은 깔끔했다. 인사성과 붙임성이 여간
아니었다. 핸들을 잡고 집에 도착하기까지 한시도 입을 다물
지 않았다. 경산시를 벗어나기도 전에 그와 나는 같은 고향
(의성군) 출신이란 사실을 확인하고 죽이 맞았다. 두 사람은
얼씨구나 하면서 실체 없는 몽롱한 고향의 향수 속으로 빠져
들었다. 그가 먼저 자신의 고향이 의성임을 밝혔다. 그 말을
듣는 순간, 나는 뒷자리에서 엉덩이를 반쯤 들고 앞자리 등받
이를 두 팔로 감싸 안으면서 그 사람 쪽으로 바싹 다가갔다.

"정말 고향이 의성인교? 의성 어딘교? 저도 의성 촌놈 출신
아입니꺼. 의성 신평이 내 고향이시더. 도리원서 안평 지나
면 신평이지예."

그는 고향 자랑에 신이 났다. 비록 땅이 척박하여 가난하게
자랐으나, 의성 사람들은 생활력이 강하여 도시로 나와 출세
한 사람이 많다는 것에서부터 시작하여 자랑이 늘어졌다. 나
도 박자를 맞추었다. 맞장구를 치지 않거나 딴죽을 걸면 내
가 고향을 배신하는 못된 사람이 될 것 같은 기분이었다. 그
의 이야기가 거짓이라 하더라도 굳이 논쟁할 필요가 없다는
것쯤은 알고 있었다. 실은 그의 이야기가 구구절절 내 마음
에 쏙 들었다.

그가 우리 아파트 주차장까지 오면서 나에게 전해 준 전설 같은 이야기는 세 가지 정도였다.

첫째 전설은 이러했다. 시기가 분명하지 않는데, 대구 주먹 세계의 일인자가 의성 출신이라고 했다. 그 사람은 주먹패의 대장이었지만 고향 사람 앞에는 절대로 주먹을 쓰지 않고 허리를 구십 도 굽혔다는 것이다. 나한테 그 사람을 모르느냐고 물어왔을 때 모른다니, 고향 출신 사람 중 알 만한 사람은 다 안다고 덧붙였다. 내가 그를 알지 못하는 데 대해 약간의 힐난조였다. '고향 사람'이라는 사실이 초법적으로 작동하는 이야기를 반신반의하면서 고향의 전설 속으로 빠져들었다.

두 번째는 어느 부자 이야기였다. 자기 마을 출신의 부자 한 사람이 객지에서 사업으로 엄청난 돈을 모았는데, 고향 사람에게 돈을 아끼지 않고 베푼다고 했다. 이 부자는 초등학교 동기회 때 모든 경비를 부담할 뿐만 아니라, 참석한 오십여 명 가까운 동기생에게 한 사람마다 이백만 원씩 나누어 주고 마음대로 쓰라고 했다는 것이다. 대단한 기분파 부자가 있구나, 라는 생각을 하면서 이런 이야기를 하는 그의 의도가 궁금했다. 재미로 하는 말일까? 아니면, 의성 사람은 모두 고향에 대한 의리가 남다르다는 말인가? 혹시 나한테도 의리를 발동하여 대리운전비를 두둑이 달라는 암시인가?

세 번째는 내가 알고 있는 사람의 이야기였다. 대구에서 활

동하는 고향 출신 시인을 거명했다. 자기 대학 선배이기도
한 그 시인은 어려운 사람에게 물심양면으로 도움을 주는 존
경할 만한 분이라고 자랑했다. 나도 그 시인이 좋은 사람이
라고 맞장구를 치기는 했으나 대리 기사의 말 전부를 믿을
수는 없었다. 그러면서 그 시인에 대해 내가 많은 것을 모르
고 있겠다는 생각도 해 봤다. 어쨌든 그의 말대로만 그 사람
은 대한민국에서 가장 훌륭한 시인이었다.

나는 그로부터 고향전설을 들으면서 맞장구를 쳤고, 고향
이야기에 도취해 거스름돈 오천 원을 순순히 내어놓았다. 목
적지에 도착하면서 마음을 가다듬었기에 망정이지 차 안의
분위기대로라면 만 원짜리 몇 장을 더 얹어 주었을지도 몰랐
다. 다행이라면 다행이었다.

그렇지만 그가 대리운전까지 하면서 열심히 살아가는 동향
인이라면, 오만 원을 더 주었다 한들 크게 아까워할 일은 아
닐 것 같았다.

듣고 또 들어도 싫증이 나지 않는 것이 고향 이야기가 아니
던가. 누구에게나 고향에서 보낸 유년의 추억은 퍼내고 또
퍼내도 줄어들지 않는 샘물과 같다. 고향 이야기는 합리적인
논리와 이성적인 계산이 맥을 추지 못하게 하는 마력을 지녔
는가 보다.

고향은 몽롱한 전설이다.

예禮를 생각한다

지난주 긴 추석 연휴를 보냈다. 고향을 찾아가는 인파로 전국의 도로는 만원이었다. 조상 묘소를 찾아 성묘도 하고 일가친척과 짧은 시간이나마 정을 나누었다. 집안 어른이나 주위 고마운 분들에게 작지만 성의껏 선물도 준비했다. 직접 만나지 못하는 경우에는 즐거운 추석 명절 즐겁게 쇠라고 문자 메시지를 보내기도 했다. 그러나 이 땅의 며느리들은 즐거운 명절이 아닌 듯 싶다. '명절증후군'이라는 신조어가 생길 정도니 연일 이어지는 주방일에 어찌 스트레스가 없었겠는가? 차례상에 올리고 가족들이 함께 나눌 음식을 장만하느라 주부들은 한시도 쉴 틈이 없었을 것이다. 남자인들 마음이 편했겠는가. 우리는 해마다 이 엇비슷한 일을 왜 되풀이하는가?

그런데 세월의 흐름에 따라 명절 풍속도 많이 변했다. 선영 벌초도 인부를 사서 대신시키고 차례상 음식도 시장에서 준비된 것을 산다. 여행지 숙소에서 명절 차례상을 차리는 것을 두고 처음에는 손가락질했으나 이제는 그럴 수 있다고 받아들인다. 귀신은 귀신같이 시공간을 초월한다는 말이 농담으로만 들리지 않는다. 변화한 세상에 맞게 낡은 풍속도 바뀌어야 한다는 논리를 반박할 근거가 없다. 경제성장과 근대화를 내걸고 관혼상제 간소화와 허례허식 척결이란 구호를 써서 가슴에 달았던 시절이 까마득한 전설처럼 느껴진다. 현실적 효용성이 없는 제도와 예는 헛된 형식에 불과하다는 인식이 이렇게 탄탄하게 굳어지리라고는 누구도 예상하지 못했을 것이다.

'예'를 입에 올리면, 현대의 세속에 어두운 고지식한 사람으로 지목되기 일쑤다. 허식에 얽매여 융통성 없는 사람이나 예의범절을 찾는다고 나무란다. 예를 형식적인 겉치레로 보기 때문에 준수하기보다는 척결해야 할 대상으로 간주한다. 예라는 형식을 뛰어넘는 사람이야말로 진짜 현대인이라는 믿음이 널리 통용되고 있다. 이러니 누구도 예를 앞세우는 무모한 일을 시도하지 않는다. 실용성 없는 형식으로만 받아들이는 한 예와 의식은 허례허식이 분명하다. 예는 현실적

목적성에서 발생한 것이 아니라 하나의 사회적인 상징 코드이다. 사회적인 질서 유지라는 목적성이 있지만, 사람이 살아가는 데 필요한 인간적인 감응을 생성시키는 것이 예의 본질이다.

라캉은 기표의 연쇄가 기의를 생성한다고 했다. 실제적인 의미가 없는 형식의 반복이 새로운 의미를 만들어 내다는 말이다. 매일 아침 부모에게 문안 인사를 드린다고 생각해 보자. 오늘날과 같은 바쁜 일상을 살아가는 젊은이한테는 현실적으로 거추장스러운 일에 불과하다. 하지만 힘든 일을 견디며 반복하다 보면 부모에 대한 효의 마음이 생길 수도 있다. 어른이나 다른 사람을 만나면 예를 갖추어 인사하는 것은 그것으로써 무엇을 얻기 위한 것이 아니라, 서로의 관계를 원활하게 만들어 주기 때문이다. 똑같은 인사의 반복이 매너리즘에 빠지기도 하지만, 예를 실천함으로써 개인은 그 사회의 구성원으로 통합될 수 있다. 다른 사람과의 좋은 관계는 예가 전제될 때 가능하다.

예는 사회적인 상징체계, 즉 기호다. 기호의 기의와 기표는 자의적인 관계에 놓이기 때문에 현실적인 필연성이 없다. 사회적인 약속과 관계에 지나지 않는다는 말이다. 그러므로 형식에서 벗어나기 어렵다. 그렇지만 극단적인 실용성을 추구하는 현대 자본주의 가치관은 이 형식을 헛된 형식으로만 인식한다. 이것이 문제다. 예를 실천해야 하는 것은 그것이 형식에만 머물지 않고 대타의식을 지향하기 때문이다. 자기 스스로 부끄러움을 아는 마음이 예의 출발이다. 남을 의식하여 나를 억제함으로써 타자와의 공존과 협력이 이루어진다. 공손하게 예를 갖추는 사람은 아름답다. 자신의 욕망을 양보하고 남을 배려하는 마음이 어찌 아름답지 않겠는가?

"예가 아니면 보지 말고, 예가 아니면 듣지 말고, 예가 아니면 말하지 말고, 예가 아니면 움직이지 마라."라는 공자의 말을 되새겨 본다.

아버지

"나는 아버지한테 어떤 아들이었을까?"

근래 들어 자주 이런 생각에 빠지곤 한다.

아마도 고등학교 졸업 후 육 년 동안 떨어져 있던 아들이 집에 돌아와 너댓 달 함께 생활하면서 '아버지'라는 화두가 줄곧 따라다녔던 것 같다.

대학에 들어가기 전까지는 물가에 내어 놓은 아이 같던 아들이 대학과 군 생활을 마치고 제법 어른티 나는 청년이 되어 돌아왔다. 운 좋게 취업이 결정되어 몇 개월 집에 머물다가 직장을 찾아 집을 떠났다. 벌써 반 년이 지났다. 어쨌든 그 어려운 취업문을 통과하여 부모 마음을 가볍게 해 주었으니 그보다 더 고마울 것이 어디 있겠는가? 업어 주어도 모자랄 일이 아니던가?

그런데 그렇지 못했다. 함께 지내면서는 마음에 차지 않는 구석이 하나둘 생겨나 심기가 어지러웠다. 객지에서 직장생활을 하고부터는 바쁘다는 핑계로 연락도 자주 하지 않고 집에 들르는 횟수도 뜸해졌다. 처음에는 그럴 때마다 자식을 가르치려는 아버지가 되어 갔다. 소출 없는 훈계를 늘어놓기도 했다. 그것이 아들에게는 듣기 싫은 잔소리에 불과함을 알면서도 그치지 못했다. 돌아오는 대답은 한결같이 "알아서 잘할 테니 걱정하시지 마라." 였다. 내가 언짢았던 만큼 아들도 불편했을 것이다.

이제는 아들에 대한 아버지로서 간섭의 끈을 정리해야겠다고 마음먹었다. 어느 정도 이별 연습을 하고 나니 다소 무덤덤해지기도 했다. 하지만 어느 순간 서운한 심정이 갑자기 솟구쳐 마음을 혼란스럽게 했다. 그럴 때면 내 젊었을 때 아버지는 나를 어떤 아들로 바라보았을까, 하는 궁금증이 일어났다. 오랫동안 닫아 두었던 아버지에 대한 기억의 문을 열어 보았다.

그리움과 회한이 가시가 되어 가슴을 찌른다.

아버지가 돌아가신 지 벌써 사십 년이 지났다. 내가 대학교 일 학년 때인데, 그때 아버지 나이 겨우 쉰여덟밖에 되지 않았다. 단명의 애통함 때문인지 아버지에 대한 나의 구체적인 기억은 죽음이었다. 나는 울고 또 울었다. 그 울음은 막내의 어린양이었는지 진정한 슬픔이었는지는 잘 모르지만 오래 이어졌다. 대학 시절 고향에 가기만 하면 아버지 산소 앞에서 몇 시간 동안 서러운 통곡을 쏟아 놓기도 했다. 왜 그렇게 유별나게 아버지의 죽음에 울음으로 맞섰는지 지금으로서는 그 이유를 알 수가 없다. 온통 슬픔과 눈물로 채워진 그때의 기억이 너무 크고 선명하여 아버지에 대한 다른 추억은 희미한 파편으로만 남아 있을 뿐이다. 그래서 아버지를 떠올리면 항상 슬픔이 앞질러 왔다.

내 기억의 창을 통해 떠오른 아버지의 얼굴은 늘 우수에 젖어 있었다. 호방하게 웃는 모습을 보지 못한 것 같다. 기분 좋을 때 겨우 희미한 미소를 머금을 정도였다. 자주 목격했던 장면은 아버지의 책 읽는 모습이었다. 사실은 책 읽는 모습보다 소리 내어 읽는 목소리가 더욱 또렷하게 떠오른다. 아버지의 책 읽는 소리는 애잔한 가락을 타고 흐르는 노래였다. 그 노래를 늘 듣고 자라서 그런지 나는 중학교 들어가 책을 또랑또랑하게 잘 읽는 학생이 되었다. 어쨌든 아버지를 기억하는 코드 중 첫 번째가 책 읽는 소리였다. 그런데 그 소리 속에는 언제나 한과 서러움이 묻어났다. 책 내용을 따라 그렇게 읽었던 것인지, 책을 읽는 일반적인 방법이 그랬었는지, 아니면 아버지 속마음의 표정이 그대로 반영된 것인지는 알 수 없다.

책을 읽는 아버지 옆에서 바느질하던 어머니가 더러 책 내용에 빠져 눈물을 훔치기도 했다. 아버지는 슬픈 내용이 나오는 대목에서는 한 사람의 청자를 위해 감정을 최대한 실어서 열연을 했을 것이다. 하지만 가난한 농사꾼이 어찌 한가로이 책을 읽을 수 있었겠는가. 고된 농사일, 집안과 식솔을 건사해야 할 가장으로서 무거운 책임감, 바깥세상과 단절된 산촌의 희망 없는 삶 속에서 유일한 돌파구는 책을 통한 새로운 세상과의 만남이었으나 그것도 그리 여의치 못했다.

현실에서 채울 수 없기에 꿈꾸었고, 그 꿈은 더욱 현실에 대한 불만의 부피를 키웠으리라. 인근의 오일장을 다녀올 때마다 책이 한 권씩 늘어났다. 《신유복전》을 비롯한 딱지본 고전영웅소설들, 번안소설 《이수일과 심순애》, 방인근의 탐정소설 《원한의 복수》와 애정소설 《새벽길》, 김말봉의 《찔레꽃》, 축약본 《삼국지》 등은 아버지가 읽고 또 읽은 책이었다. 《새벽길》의 표지에는 한자로 '愛情小說'이라고 적혀 있었다. 어린 나이었지만 '애정'이란 말은 야릇한 설렘을 불러일으켰다. 집 안에 나 혼자 있을 때마다 높은 시렁에 얹혀 있던 책을 몰래 읽어보곤 했다. 부모님은 어른들이 읽는 책이라면서 나한테는 못 읽게 했다. 그래서 더욱 읽고 싶었고, 몰래 거의 다 읽었다. 아버지는 소설 속에 빠져 꿈을 꾸었던 것 같다. 그 꿈은 그만큼 당시 아버지의 삶이 고달프고 궁핍했다는 징

표였다.

현실을 잊기 위해 소설 세계 속으로 빠져들어 갔던 아버지는 현실 적응력이 떨어질 수밖에 없었다. 무엇을 성취해야겠다는 악착같은 마음이 부족했다. 1960년대 우리 농촌은 너나 할 것 없이 가난하고 헐벗었다. 먹고 사는 것이 급선무였다. 대부분이 가난에서 벗어나려고 돈에 집착했는데 아버지는 그러지 않았다. 살림을 경영하는 손매가 몰강스럽지 못한 편이었다. 이 부분에서 어머니와 마찰이 심했고, 자주 싸움이 벌어지기도 했다. 내가 어릴 때 아버지가 무엇을 생각하고 어떤 가치관을 가지고 살았는지 알 수 없다. 어른이 되어서도 아버지에 관해 깊이 생각해 보지 않았다. 그저 스쳐 가는 일화 기억에 의존하여 그 이미지를 떠올리곤 했을 뿐이다. 남들과 떠들썩하게 어울리지 않았고 혼자 책 읽기를 좋아했던 것으로 보아 마음속에 깊은 고독을 안고 살았던 것 같다.

아버지는 1917년 정사년丁巳年 생이다. 내 고향이기도 한 지금의 경북 의성군 신평면 광산리에서 6남매의 맏이로 태어났다. 내가 아버지를 직접 기억하는 나이가 되기까지 어떻게 살았는지 잘 모른다. 어머니로부터 얻어들은 이야기 조각을 퍼즐 맞추듯이 꿰어서 재생해 보는 것이 고작이다. 사실보다는 추측에 가까울 수도 있다. 아무튼 아버지는 어릴 때부터 농사꾼의 길을 걸었고 공부는 학교 문 앞에도 가보지 못했다. 아버지는 할아버지가 1930년대 전후해서 맏아들인 자신만을 남겨둔 채 식솔을 거느리고 일본으로 건너간 탓에 고향에서 홀로된 할머니와 당숙 집에서 살았다고 한다. 할아버지가 맏이인 아버지를 고향에 남겨둔 것은 온 식구가 낯선 이국땅에 가서 무슨 변고를 당하더라도 집안의 대를 잇도록 하겠다는 의도였을 것이다.

그러다가 열다섯 나이에 아버지는 혼자 일본으로 건너가 가족과 합류했다. 일본에서 식구 중 할아버지, 아버지, 삼촌 등 남자들은 모두 탄광 일에 종사했다고 한다. 십 대 때부터 탄광 노동자가 된 아버지는 스물다섯 살 무렵에 고향으로 와서 어머니와 결혼하고 다시 일본 땅으로 건너갔다. 고향에는 거처할 방 한 칸도, 농사지을 논밭 한 떼기도 없던 터라 일본 땅이 먹고 살 수 있는 유일한 길이라고 생각했을 것이다. 결혼하고 어머니와 함께 일본으로 다시 들어가 몇 해를 보내지 못하고 온 식구들은 무슨 이유에서인지 타이완으로 가서 살게 되었다. 그런데 대만에서도 가족 모두가 함께 살지 못했다고 한다. 남자들은 또다시 중국 하이난도로 갔기 때문이다. 한곳에 정착하지 못하고 여러 나라를 옮겨 다니며 살았던 까닭은 조금이라도 좋은 조건의 일자리를 찾기 위해서였을 것이다. 열 명이 넘는 식구가 타국에서 먹고 살기가 그리 쉽지 않았으리라.

1945년 해방이 되어 타이완에 있던 식구들과 하이난도에 있던 식구들은 나뉘어 몇 달 간격을 두고 무사히 귀국했다. 20년 가까운 타국살이를 끝내고 고향에 되돌아왔지만 수중에는 무일푼이었다. 남의 전지를 얻거나 산자락 다락 땅을 개간하여 농사를 짓고 겨우 입에 풀칠을 했다. 그러다가 6·25 전쟁이 터졌다. 아버지보다 두 살 아래 미혼이었던 삼촌은 대구 양복점에서 일하다가 징집되어 팔공산 전투에서 전사했다. 아버지는 전쟁 때 자진 계약이었는지 강제 동원이었는지 모르지만 2년여 동안 국군 보국대로 전쟁에 참여했는데, 운 좋게도 가족 품안으로 무사히 귀향했다. 전쟁이 끝난 그 이듬해인 1954년 겨울에 내가 태어났다. 그 후 돌아가실 때까지 아버지는 줄곧 사방이 산으로 둘러싸인 오지 산촌에서 일생을 보냈다.

　내가 아버지의 따뜻한 품안을 느끼면서 지냈던 것은 초등학교 시절이었다. 몸이 약해 잔병치레가 잦았던 나였다. 어린 내가 아플 때마다 아버지는 열이 있는지 큰 손으로 내 머리를 짚어 주었고, 곧 나을 것이라고 나를 안심시켰다. 몸이 아플 때나 엉뚱한 공포와 불안이 느닷없이 찾아들 때마다 나는 아버지의 땀내 배인 품속으로 파고들곤 했다. 그 사랑이 극진하지는 않았지만, 최소한 막내로서 받는 배려는 느낄 수 있었다. 한 학년이 끝나는 수료식 때만은 아버지의 환한 얼굴을 볼 수 있었다. 아버지는 학부형 기성회 임원으로 수료식에 참석하였는데, 나보다 한 학년 위인 누나와 내가 동시에 우등상을 받는 현장을 지켜보면서 한순간이나마 삶의 보람과 희망을 가졌을 것이다. 우등상을 받고 폴짝거리며 앞서가는 아들과 딸 뒤에서 중절모를 눌러쓰고 흰 광목 두루마기 자락을 날리며 한길을 걸어 집으로 돌아오던 아버지에게도 자식에 대한 기대감이 없지 않았으리라. 이때만은 맘껏 뒷바라지 해주지 못하는 아버지로서의 무거운 죄책감에서 벗어날 수 있었을까? 그 어느 해 우등상을 받은 나에게 아버지는 《소년한국일보》 구독이라는 큰 선물을 주셨다. 그것은 내가 평생 문학도의 길을 걷게 한 작은 계기가 되었던 것 같다.

정확하게 어느 시점인지는 알 수 없으나 내가 중학교에 입학하기 전에 아버지는 지병을 얻게 되었다. 폐결핵이었다. 오랜 탄광일이 원인이 되었을 것이다. 가난한 살림살이로 제대로 치료하지 못해 날로 병이 깊어 갔다. 기침소리가 끊이지 않았고 적은 노동에도 숨 가빠했다. 결국은 내가 고등학교 다닐 때는 더 이상 농사일을 못 하고 몸져눕게 되었다. 그때 대도시에 나가 생활하던 형님이 식솔을 데리고 다시 고향으로 귀농해서 아버지의 자리를 대신했다. 병이 깊을수록 아버지의 몸은 수척해 갔다. 나는 중학교 때부터 대구에서 학교에 다녔던 터라 아버지 병세와 치료에 대해 별다른 의견을 가지지 못했다. 어머니와 형님이 알아서 할 것으로 생각하고 마냥 미루기만 했다. 고향에 다니러 가서 병석에 누운 아버지를 볼 때마다 안타까운 마음이 들었으나 따뜻한 위로의 말 한 마디 제대로 건네지 못했다. 이 점은 두고두고 내 가슴을 아프게 했다. 나 자신이 밉기 그지없는 대목이다. 객지로 유학가 공부하면서 성공하겠다는 야망만 키웠지 사람됨의 길을 제대로 수양하지 못한 탓이었다.

1974년 2월, 그날의 영상은 내 마음에 가장 뚜렷하게 새겨진 아버지의 마지막 모습이었다. 그때 대학교 입학시험에 합격했다. 나만의 영광이 아니라 집안 전체의 경사였다. 부모님의 기쁨이야 이루 말할 수 없었으리라. 아버지의 마지막 길에 한 가지 자식으로서 효도를 했다면 그것은 대학진학이었을 것이다. 부모님은 나의 초등학교 동창들을 우리 집에 초대했다. 조촐한 잔치마당이 펼쳐졌다. 20여 명의 동창들이 윷놀이하면서 하루를 즐겁게 보냈다. 지금 생각으로는 엉뚱하고 격에 맞지 않은 이 사건은 바로 아들의 대학진학에 대한 부모님의 기쁨과 희망의 부피였던 것 같다. 아버지는 병이 깊어 거동을 잘하지 못한 터라 안방 문을 열고 문설주에 비스듬히 기댄 채 아들 친구들이 마당에서 노는 모습을 물끄러미 오랫동안 바라보셨다. 그 얼굴은 어느 때보다 환했다.

그해 추석을 보름 앞두고 아버지는 세상을 떠났다. 환갑도 못 넘긴 쉰여덟의 나이였다.

　남자들은 대부분 이 세상에 태어나 아버지로서 삶을 살아
야 한다. 그 모습은 개인에 따라 각양각색일 것이나 한 가정
의 가장으로서 혹은 자식을 키우는 아버지로서 짊어져야 할
짐의 무게는 누구에게나 막중하다. 아버지의 책무는 누구한
테 정식으로 배우지 않았을진대 그 무게를 묵묵히 감당해 가
는 것을 보면 신이 계시한 것인지도 모르겠다. 자식에게 탄
탄한 자리를 내주려고 세상과 맞서고 자신을 버릴 수 있는
존재가 아버지가 아닌가 싶다. 이것을 자식은 모르며 큰다.
어른이 되고 부모가 되어 자식을 키워 보고서야 터득하는 회
한의 진리이다.

　나는 그동안 아버지를 조금씩 잊으면서 살아온 것 같다. 수
중에는 아버지와 함께 찍은 사진 한 장 없다. 모든 기억이 희
미해져 간다. 아버지에 관해 이야기해 줄 사람도 거의 세상
을 떠났다. 그런데 이상하게도 지워진 자리에 다시 기억의
싹이 새롭게 돋아난다. 다행이다. 아버지로서 삶을 살면서
아버지의 마음을 조금씩 헤아릴 수 있게 된 모양이다.

　세상을 떠난 지 40년이나 흐른 터라 선산에 덩그렇게 남아
있는 무덤을 제외하고는 아버지의 자취를 찾아보기 어렵다.
머잖아 마침내 나를 포함한 모든 자식의 기억과 마음속에서

도 지워질 것이다. 아버지는 한 줄의 글도 남기지 못하고 아까운 나이에 세상을 등졌다. 꿈을 꾸면서 고독과 함께 살았던 내 아버지가 불쌍하다. 이름 없는 한 농부로서 고단한 삶을 살았던 아버지가 정말 불쌍하다. 그래서 내가 그런 아버지를 잊는 것은 너무나 큰 죄악이다. 내 기억을 이렇게나마 종이 위에 기록하는 것으로라도 아버지의 회한을 위로해 드리고 싶다. 내가 살아있는 한 아버지도 내 기억 속에 살아있으리라. 그 기억은 내가 아버지로서 어떻게 살아야 할 것인가를 인도해 줄 것이다.

올 설에는 아들과 한잔했다. 그리고 밝은 얼굴로 아들을 대했다. 앞으로 아버지로서 잔소리도 완전히 끝낼 작정이다.

듣보잡 일기

'듣보잡', '듣도 보도 못한 잡것'을 뜻하는 말이라고 한다. 주로 상대방을 비하할 때 쓰는, 이 말은 문맥에 따라 미묘한 의미 차이를 드러낸다. 지방 어느 국립대 법학전문대학원에 재직하는 교수의 책을 읽다가 이 말을 처음 알았다. 서울 사람들이 지방에서 온 자신을 '듣보잡' 취급하더라는 이야기였다. 여기서 '잡것'은 '촌것'이라는 의미와 다르지 않다. 지방 촌것은 중심에 들어갈 수 없으니 기타 잡것일 수밖에 없다. 약간의 웃음기가 배어나는 이야기이지만, 사실 나도 서울 사람들 틈에 끼면 이런 생각이 들 때가 한두 번이 아니었다. 우리 사회의 모든 것이 서울 중심으로 돌아가는 실정이고 보면, '촌것'란 의미를 내포하는 '듣보잡'은 중앙집중화로 말미암은 양극화를 잘 반영하는 말이 아니겠는가. 촌스럽다고 평가절하 하는 것에서 서울 중심의 도시문화가 이 시대의 대세임을 알고도 남는다. 변호사이면서 로스쿨 교수인 사람이 서울에서 '듣보잡' 대접을 받았다면, 작은 지방대학 교수로 있는 '나'는 더 말할 나위가 있겠는가. 나는 영락없는 '듣보잡'인 것 같다.

괜한 피해의식과 열등의식이라 몰아쳐도 할 말은 없다. 하지만 지방 사람들이 여러 분야에서 소외감과 열등감을 느낄 수밖에 없다. 돌이켜 보면, 그동안의 나의 인생도 시골 오지의 고향을 탈출하여 도시 중심으로 진입하려고 갖은 애를 썼던 힘든 여정이 아니었던가 싶다. 촌놈에서 벗어나야 한다는 욕망 하나에만 매달렸으니, 인간 존재와 삶 자체가 '듣보잡'임을 어찌 알았겠는가?

나는 1970년대 초반에 고등학교를 다녔다. 내가 다닌 학교는 당시 십여 개가 넘는 대구의 남자 고등학교 중 하위 그룹에 속했다. 소위 따라지였다. 이에 관해 나는 아주 민감하게 반응했다. 교복 카러에 달았던 학교 배지가 마치 '주홍글씨'처럼 느껴졌다. 등교 때 교문에서 선도부원은 배지 달지 않은 학생에게 벌을 주었다. 그것이 너무 싫었다. 따라지 표 내는 것 같아서였다. 거리에서 일류 고등학교에 다니는 내 또래를 보면 자존심이 상했고, 여학생 앞을 지나갈 때는 얼굴을 들지 못했다. 지금도 출신 고등학교를 물어오면 머뭇거릴 때가 많다. 하위 고등학교에 다녔다는 사실은 언제나 열등감을 자극했다. 어떤 때는 그럴 수밖에 없었던 이유를 누가 묻지도 않는데도 장황하게 늘어놓기도 한다. 잘못된 '동계진학' 제도 비판, 일류고등학교 깎아내리기, 우수했던 나의 성적 공개, 대학 진학 성공담 자랑 등이 단골 레퍼토리였다. 이럴 때 나는 많이 모자라는 사람이 되고 만다. 이제 털어내야 할 때도 되었는데 말이다.

'뒷보잡'이나 '따라지'에 관한 나의 민감한 반응은 어릴 시절부터 시작되었다.

일주일 만에 재건중학교를 그만두었다. 중학교 입학에 실패하고 그냥 집에서 놀고 있었다. 당시 내가 다녔던 초등학교 선생님 중 한 분이 우리 마을에 볼일이 있어 들렀다. 내가 중학교에 입학하지 못하고 빈둥대고 있다는 것을 알고는 부모님께 재건학교라도 보낼 것을 권유했다. 우리 마을에서 그리 멀지 않은 곳에 재건중학교가 문을 열었다고 했다. 새 학기가 시작하고 몇 주 뒤에 입학했다. 그런데 일주일 다니고 그만두겠다고 마음먹었다. 지금 생각해 보건대, 초등학교를 갓 졸업한 나로서는 어려운 결단이 아닐 수 없었다. 무엇 때문에 그런 결정을 했는지에 관한 기억은 분명하지 않지만, 정말 그 결정은 야멸쳤다. 물론 부모님이 크게 반대했다면 행동에 옮길 수 없었을 것이다. 그만두어야겠다고 말했을 때, 부모님은 "어지간하면 계속 다니지."라고만 할 뿐, 더는 다니기를 강요하지 않았다. 따로 복안이 있었는지는 모르지만, 부모님의 생각도 나와 다르지 않았던 것 같다. 그때 재건중학교를 그만둔 일은 내 인생에서 아주 잘한 일이었는지도 모른다.

'재건중학교' 1960년대 재건국민운동의 일환으로 만들어진 교육제도다. 중학교에 진학하지 못한 학생들을 모아 교육했다. 교사는 지역민 중 학식 있는 사람을 뽑았다. 당시는 베이비붐 세대가 중학교에 진학할 무렵으로 국가 교육기관이 충분하지 못한 시절이었다. 중학교 입학 경쟁이 치열했다. 중학교 들어가지 못한 학생이 부지기수였다. 특히, 중학교가 없는 면 단위 지역에서는 재건중학교에 학생이 몰려들었다. 그런데 이들을 교육할 시설과 인력은 턱없이 부족했다. 내가 다닌 재건중학교는 야산 중턱에 자리 잡고 있었다. 흙벽돌로 벽을 쌓은 움막 같은 건물에 교실 한 칸과 사무실 한 칸이 전부였다. 교실에는 유리창을 못 달아 이른 봄의 매서운 바람이 학생들을 추위에 떨게 했다. 쉬는 시간 교실 밖에서 불을 피워 넓적한 돌을 따뜻하게 해서 엉덩이에 깔고 추위를 견디었다. 교사 한 사람이 전 과목을 다 맡았다. 학교라고 할 수 없었다. 학생 대부분이 공부에는 관심이 없었다. 이름표만 중학교였다. 나는 거기서 어떤 꿈도 꿀 수 없었다.

당시 아이들은 부모의 뜻과 말에 순종해야 한다는 점을 배우면서 성장했다. 나도 마찬가지였다. 부모님이 뜻을 거역하지 못하는 것은 부모님이 무서워서라기보다는 그것이 도리였기 때문이었다. 그런데 부모님이 등을 떠밀어 들어간 학교를 일주일 만에 그만두겠다고 했으니, 부모님은 얼마나 당혹스러웠을까? 당시 이런 결심에 이르도록 한 힘은 무엇이었을까? 아마 그것은 합리적인 판단보다는 정서적인 것에 토대를 둔 자존심이었던 것 같다. 초등학교 졸업 후 몇몇 친구는 중학교에 입학해 객지로 유학길에 올랐다. 그들을 멍하니 바라볼 수밖에 없었던 나는 자존심이 크게 상했다. 단지 그들이 초등학교 때 나보다 공부를 못했다는 점을 위안으로 삼았다. 추락하는 자존심의 한 귀퉁이를 움켜쥐고 겨우 버티었다. 그런데 재건중학교는 땅에 떨어진 내 자존심을 더욱 짓밟고 말았다. 거기서 만난 친구들이 나에게 처음 건넨 말이 "공부 잘해도 별수 없네."였다. 그 일주일은 잊을 수 없는 지옥이었다. 이때부터 '촌놈', '따라지', '들보잡'이 되어서는 안 된다는 생각이 떠나지 않았다.

시골서 일 년 놀다가 대구에 있는 중학교에 진학할 수 있었던 것은 나에게 어마어마한 행운이었다. 거의 기적에 가까운 일이었다. 하지만 대도시 중학교에 다녔으나 한 번도 가슴 뿌듯한 적이 없었다. 대도시 안에서도 서열은 엄존했기 때문이다. 여전히 나는 '듣보잡' 안에 머물고 있었다. 나름대로는 야무진 꿈을 키워 보았으나 고등학교 진학도 결국은 '듣보잡'을 면하지 못했다. 대학 진학을 목전에 둔 고등학교 생활은 가위눌림의 연속이었다. 건강도 좋지 못한데다가 늘 악몽에 시달렸다. 내일이 입학시험인데 전혀 준비되지 않아 안절부절못하다가 벌떡 꿈에서 깨어나면 온몸이 식은땀에 젖어 있었다. 이 비슷한 꿈은 지금까지도 이어지고 있다. 객지에서 자취하면서 대학입시 준비를 제대로 하기란 쉬운 일이 아니었다. 중학교 때부터 기초가 튼튼하지 못한 터라 갑자기 애를 쓴다고 해서 공부가 크게 달라질 것이 없었다. 그런 가운데에서도 서울로는 못 갔으나 등록금 부담이 적은 지방 국립대학에 진학한 것만도 다행이었다. 1970년 중반만 해도 꼭 서울로 대학진학을 해야 한다는 생각이 지금 같지 않았다. 대학 저학년 때까지는 세상에 대한 견문이 좁은지라 그 생활 속에 갇혀 그럭저럭 지냈다. 그러다가 고학년이 되어 공부를 계속해야겠다고 결심하고 나서부터는 내가 서 있는 위치가 초라하기 그지없었다. 내 인생이 거기서 끝나고 말 것 같은 조바심이 났다. 오랫동안 잠잠했던 '듣보잡'에 대한 콤플렉스가 서서히 발동되었다. 그러나 탈출구는 너무 좁았다. 그 자리에 주저앉았다. 조금씩 현실에 안주하면서 군 복무와 대학원 석사 과정을 마쳤다.

군 복무 후 여자고등학교 교사로서 삼 년 근무하고 지방 중소도시에 있는 전문대학 교수로 자리를 옮겼다. 30대 초반의 젊은 나이였다. 석사 학위만으로 젊은 나이에 교수라는 이름을 달았다면 대단한 것으로 생각할는지 모르지만, 그 당시는 대부분 그랬다. 하지만 그곳에서 대학교수라는 직함도 나에게는 여전히 듣보잡이었다. 오래 머물지 않을 것이라고 막연하게 기대했으나 팔 년 가까운 세월이 흐르고서야 그곳에서 벗어날 수 있었다. 삼십 대는 야망을 키우는 나이가 아닌가. 밤새워 연구에 매달렸고, 서울의 대학에서 박사 학위도 받았다. 듣보잡에서 탈출해야 한다는 욕망이 엄청난 에너지를 방출한 시기였다. 이 시기만은 듣보잡에 대한 나의 오기와 욕망이 긍정적으로 작동한 것 같다.

나이 마흔이 되면서 대구로 되돌아왔다. 하지만 그 귀환은 화려하지 못했다. 시골에서 대구의 중학교로 유학 왔을 때와 조금도 다르지 않았다. 대도시의 거대한 공간 속에 생활 터전을 마련했으나 변두리 '듣보잡'은 그대로 나에게 붙는 아이콘이었다. 뛰어넘기 위해 죽을힘을 다 쏟든가, 아니면 주어진 것에 만족하든가 둘 중의 하나여야 하는데 불행하게도 결단을 내리지 못하고 중간에서 어정쩡하게 세상과 나에 대한 불만만 키워 갔다. 엉뚱하게도 술과 야유를 택했다. 몸은 술을 원했다. 마음은 남을 탓하고 욕하는 데 익숙해 갔다. 세상과 사람들을 욕하면서 항상 합리적인 논리를 앞세웠지만, 그 모두는 내 안에 품어온 불만을 토로하는 것에 지나지 않았다. 더러 불만과 야유는 내 안으로 쏠려 자학이 될 때도 있었다. 정상을 벗어나기 시작한 나의 심신은 마침내 병이란 이름을 달게 되었다. 병원 문을 수시로 드나들었다. 사십 대 후반은 내 인생에서 최대 위기였다. 지나고 나니 아무것도 아닌 것 같으나 그때는 험난한 준령을 넘는 것만큼 힘들었다. 오랜 세월 동안 내안에 축적된 욕망, 듣보잡이 되어서는 안 된다는 강박증이 내 심신을 망가뜨리고 말았다.

인간의 심신은 병과 같은 이상적인 상황에 놓이면 자율적인 치유 능력을 발휘한다고 한다. 정상 회복을 위해 자신도 모르는 사이 몸과 마음이 바뀐다는 말이다. 이 단계를 넘어서면 외부의 도움이 요구된다. 병원과 의사의 힘을 빌리기도 했다. 그러나 주효했던 것은 나 자신의 심리치료였다. 앞에 놓인 것을 있는 그대로 수용했다. 못난 나를 숨기거나 자책한다고 달라질 것은 아무것도 없으니 말이다. 내가 내 스스로를 달랬다. 내가 평생 동안 이룰 수 있는 것은 그리 크지 않다는 것을, 그러니 그것을 이루지 못했다고 해서 내 삶이 무의미한 것이 아님을, 남이 나를 듣보잡으로 보더라도 의식하지 말 것을, 어쩌면 원래 모든 인간의 존재 자체가 하잘 것 없는 것임을, 남을 듣보잡이라고 하는 사람도 따지고 보면 자기도 불쌍한 들보잡임을 끊임없이 주문처럼 되뇌었다. 마음이 편안해지기 시작했다. 어떤 일에도 자신감이 생겼다. 남 눈치를 덜 보게 되니 여유도 생겼다. 내가 하는 일에서 재미와 보람도 찾을 수 있었다. 내 인생에서 오십 대는 마음 수양의 시기였다. 자기 수양이 깊어질수록 마음은 그만큼 넓고 편안해졌다. 이것을 늙음이라는 자연적 현상에 지나지 않는다 해도, 나는 이 평안함을 기꺼이 환영한다.

오십 대에 들어서면서 내 삶은 수필과 함께했다. 수필을 직접 쓰고, 수필 창작을 가르치고, 수필 평론을 집필하고, 수필집과 평론집을 출간하고, 수필 모임에 참여하고, 수필가들과 술 마시고 이야기하고 함께 웃었다. 작년에는 수필 전문지 《수필미학》을 창간했으며, 수필비평 스터디그룹도 만들어 수필 공부를 진지하게 하고 있다. 대중을 상대로 하는 문학 강의도 지속적으로 해 왔다. '책쓰기포럼'이란 모임을 만들어 스무 명이 넘는 사람이 이 년 동안의 공부 결과를 각각 한 권의 책으로 만들어 동시 발간을 앞두고 있다. 우리나라 수필은 오랫동안 들보잡 대접을 받아왔다. 시나 소설 쪽에서는 아직도 여전히 수필을 들보잡으로 폄하한다. 나는 이러한 수필이 좋다. 나와 다르지 않기 때문이다. 모든 것이 채워진 것에는 내 사랑이 스며들 틈이 없다. 수필 문학에는 아직 빈틈이 많은 것이 사실이다. 그래서 나의 작은 관심과 사랑도 소중하게 소용될 수 있다.

수필과 나는 똑같이 든보잡이기에 영원한 친구다. 같이 함께하면 유쾌하다. 앞으로 내 남은 인생 동안 수필과의 우정과 의리를 저버리는 일은 없을 것이다.

'나'는 없다

나는 어떤 사람인가? 다른 사람이 나를 어떻게 생각할까? 답이 없거나 있어도 뻔한 물음을 두고 사색의 문을 연다.

살아오면서 자존심 때문에 마음의 상처를 자주 입는다. 자존심을 다쳤을 때 상처받는 것은 누구에게나 마찬가지지만 내 경우는 특별했던 것 같다. 상처를 회복하려면 표적을 향해 날카로운 칼을 빼 드는 것이 정상인데 그러지 못한다. 늘 한발 물러서 주춤거린다. 거기다가 상처를 감추려고 겉으로는 태연한 척한다. 나의 지식, 인격, 감정 등이 제대로 대접받지 못했을 때마다 속앓이를 하면서도 상처 준 상대에게 대항하지 못한다. 이런 점에서 내 성격은 내성적이고 소극적인 것 같다. 유일한 대응 방식은 상처받을 만한 여건을 만들지 않는 것이다. 혼자 있기를 좋아하는 것도 한 가지 방법일지 모른다. 술을 마시는 일을 제외하고 다른 사람과 어울리는 것이 항상 불편하다. 사람들 앞에서 나의 언행을 도덕적으로 흠잡을 데가 없도록 하는 데 애쓴다. 밝은 표정을 짓는다. 돈 쓰는 데도 인색하지 않도록 노력한다. 돈 계산에서는 결벽증에 가까울 정도로 깨끗해지고자 한다. 이중적이다. 아프면서도 아프지 않은 척하니 말이다.

나이 들면서 자주 나 자신을 거울에 비춰 본다. 특히, 글을 쓰면서는 더욱 내 속에 든 나를 끄집어낸다. 자동으로 그렇게 한다. 일찍이 '너 자신을 알라'고 배운 것을 이제 제대로 실천하는 모양이다. 자기 자신의 무지에 대한 자각을 촉구한 이 말이 개인의 사고에 미친 영향은 엄청나다. 거울 속의 자신을 들여다보는 자아 성찰의 능력이 여기서부터 길러졌기 때문이다. 자기 반성, 자기 존재의 발견, 자기 창조 등의 개념도 이 말에서 심화된 것이다. 자신에 대한 내면적 사유를 확장함으로써 정신적 성숙도 가능했다. 하지만 자신에 대한 사유는 과정에 불과할 뿐, 고정된 결과는 없다. 다만 그때마다 자기만의 우연한 메타포를 만들어 낼 따름이다. '나'는 늘 유동적이고 오리무중이다. 자신을 대면하면서 만들어 내는 메타포, 그것을 어떤 틀에 넣어 개념화하기란 쉽지 않다. 기껏해야 윤리적인 자아 각성이 고작일 것이다. 나란 언제나 타자와의 관계 속에서 드러나므로 타자가 배제된 상태에서 나 자신의 어떤 특성도 찾아낼 수 없다.

헛소리라고 치고, 내가 자신의 메타포를 제시한다면, 아마 그것은 '물'일는지 모른다. '물'은 너무나 광범위한 비유라서 그 원관념을 확정하기란 쉽지 않다. 우선 가장 실증적인 몸에서부터 풀어나가자. 나는 물을 많이 마신다. 하루 마시는 물의 양이 남보다 엄청나게 많은 것 같다. 국을 먹어도 국물을 먼저 먹고 나중에 건더기를 먹는다. 술을 좋아한다. 독주보다는 물의 비율이 높은 막걸리, 맥주, 와인을 좋아한다. 더욱이 비 오는 날 술을 마시면 기분이 더욱 좋다. 어릴 적 비오는 날 초가집 처마 끝에서 떨어지는 낙수를 뚫어지게 쳐다보면서 환상에 빠지곤 했다. 비가 와 들에 일하러 나가지 못하는 날이면 어머니는 간식으로 호박전이나 당파전을 붙여주었다. 그 고즈넉하면서도 따뜻한 분위기가 매우 그립다. 그리고 어른이 되어서는 목욕하기를 좋아하게 되었다. 하루도 거르지 않고 대중목욕탕에 간다. 물을 좋아해서 그런지 땀을 유달리 많이 흘린다. 다한증이라 할 정도로 땀이 많다. 찬밥을 먹으면서도 땀을 흘린다. 손수건은 내가 꼭 휴대하는 필수품이다. 아마 음양오행 중에 '수水'의 체질을 타고난 듯하다. 하여튼 내 몸은 물과 친화적이다.

내 마음과 의식에서 물의 속성을 찾아보자. 금방 잡히는 것이 없는 것 같다. 물처럼 남과 잘 어울리지도 않는다. 주위의 모든 것을 품 안으로 끌어안는 품 넓은 사람도 아니다. 낮은 곳으로 흐르는 물의 겸손을 갖추지도 못했다. 앞을 가로막는 방해물이 나타나면 정지하거나 우회할 줄 아는 지혜로운 사람은 더더욱 아니다. 오히려 나의 성격은 물과 정반대인 불에 더 가까운 것 같다. 성질이 급하여 흥분을 잘한다. 화를 잘 낸다. 말을 완곡하게 표현하지 못하고 직설적으로 내뱉는다. 그래서 농담이나 유머에 익숙하지 못하다. 조근조근 이야기하지 못하고 웅변을 하듯 언성을 높인다. 이 모두가 '불'의 성정에서 배출되는 것이 아니겠는가? 내 몸이 물이라면, 마음은 불이다. 내면에 치솟는 불을 끄고 열기를 식히기 위해 외부로부터 물이 필요했던 모양이다. '나'라는 존재 전체가 삶에 적응하려면 내부와 외부가 서로 균형을 이루어야 하는 것은 당연하다. 불같은 성정을 누그러뜨리기 위해서는 몸의 물이 필요하고, 습함을 줄여 몸이 쾌적함을 유지하려면 그것을 말릴 수 있는 마음의 불이 필요했으리라. 이러고 보면 나는 물도 아니고 불도 아니다. '나'의 존재를 규정하고 고정해 주는 유일한 메타포는 어디에도 없는 것 같다. 시간과 공간의 조합이 만들어 내는 무수한 국면마다 나는 새로운 모습으로 등장할 따름이다. 나의 일관된 정체성이란 내 두뇌에 의해 편집된 관념에 불과할 뿐이다.

　이것이 나 자신이라고 생각하는 모든 것은 내가 아닐지도 모른다. 나 자신은 내 안에 고정된 것이 아니라 타인의 의식 속에서 왜곡된 소문으로 떠돌아다닐 뿐이기 때문이다. 그런데도 누구나 끊임없이 자신에 관한 메타포를 생산한다. 그것이 때로는 구체적이기도 하지만, 극단적으로 인간의 인식이 미치지 않은 원초적이고 무의식적인 차원의 상징일 수도 있다. 나를 가장 잘 표상하는 메타포라 하더라도, 이것이 삶의 경험을 통해 형성된 개성적인 스타일인지 타고난 사주팔자인지 알 수 없다. 존재를 과학적으로 분석하여 물질적인 실체로 드러내 보이는 일이 불가능하다면, 개인의 정체성 규정은 언어적인 수사에 지나지 않는다. 그것은 시적이다. 그래서 우연한 것일 수밖에 없지만, 본질과 진실에 가장 가까이 다가가는 통로가 된다. 마음의 상처를 두려워하는 나, 속을 숨기기 위한 전략에 익숙한 '나'도 풍문의 메타포에 불과할 수 있다. 나는 존재하지만, 나의 진정한 실체는 어디에서도 찾을 수 없다. 거울 속의 나는 언제나 낯설다.

우리는 수없이 많은 낯선 '나'를 만나면서 하나의 '나'를 만들려고 애쓰면서 살아간다. 여기에는 나는 존재하지만 어디에서도 나를 찾을 수 없는 황당한 모순만이 있을 뿐이다. 아무리 거울을 들여다보아도 나는 없다.

구이경지 久而敬之

최동호 선생님과의 만남은 나에게 큰 행운이었다.

나는 1988년 3월 고려대학교 대학원 국어국문학과 박사과
정에 입학했다. 모교였던 경북대학교와는 인연이 없었다. 이
때는 석사학위를 받고 사 년이 훌쩍 지나고, 나이가 이미 삼
십 대 중반을 넘긴 시기였다. 안동에 있는 한 전문대학 교수
로 사 년째 근무하던 중이기도 했다. 경상도 촌놈의 서울 입
성은 그리 녹록하지 않았다. 결혼 오 년 차 내 가정은 대구에,
근무하는 직장은 안동에, 박사과정에서 공부해야 할 학교는
서울에 있었다. 일주일에 삼각형의 꼭짓점을 한 바퀴씩 돌아
야만 했다. 월요일 새벽 대구에서 안동으로는 무정차 버스로,
목요일 밤 안동에서 서울 청량리역까지는 중앙선 야간 침대

열차로, 금요일 밤 안암동 고려대학교 근처 여관에서 하룻밤
을 묵어 토요일 오전 수업을 마치고 오후에는 서울역에서 동
대구역까지 새마을호 기차로 이동했다. 그 거리가 이천오백
리는 족히 넘을 것이다. 학위를 받기까지 이처럼 서울을 안
방 드나들듯이 다닌 세월이 오 년이었다. 한 번도 멈추지 않
고 이 시간을 묵묵히 받아들인 힘의 원천은 무엇이었을까?
아마 학문에 대한 열정, 개인의 야망, 현실적인 실리, 주의를
의식한 체면 등이 조금씩은 작용했으리라. 하지만 지도교수
였던 최동호 선생님의 독려가 없었다면 그 일은 불가능했을
것이다. 곁길로 빠져나갈 조금의 빈틈도 주지 않았던 선생님
께서 나에게 보내 준 신뢰감이 바로 그 원동력이었다.

박사과정에 입학하면서 지도교수를 정하는 일로 당시 학과
장이셨던 김인환 선생님을 찾았다. '지도교수'라는 말을 입
밖에 내기도 전에 최동호 선생님으로 이미 정해졌다는 것이
다. 여지가 없으니 두말하지 말라는 통보였다. 마침 그 학기
부터 선생님께서는 경희대학교에서 고려대학교로 자리를 옮
겼다. 내막을 알기 전에는 경희대학교에 재직하시는 분이 어
떻게 지도교수가 될 수 있는지 이해가 되지 않았다. 고립무
원의 허허벌판에 던져진 나로서는 모든 것을 그대로 받아들
일 수밖에 없었다. 내심으로는 촌에서 올라온 타교 출신이라

고 내 의사는 조금도 고려치 않고 무시하는 것 같아서 마음이 유쾌하지 못했다. 지면을 통해 선생님의 전공이 시문학임을 알고 있는 터라, 혹 내가 공부하려는 '한국문학비평론'을 포기해야 할지도 모른다는 걱정이 앞서기도 했다. 온통 책들이 빼곡히 쌓인 연구실에서 최동호 선생님을 처음 만났다. 숱 많은 짙은 눈썹과 중저음의 차분한 목소리에서 위압감을 느꼈다. 마치 바윗덩어리를 떠안은 듯이 가슴이 무거웠다. 뭔가 앞으로의 노정이 만만치 않을 것이라는 막연한 불안감이 강하게 밀려왔다. 마침내 나는 고려대학교 대학원 박사과정 최동호 선생님의 1호 지도학생('1호 제자'라 하기에는 자격이 부족하다.)이 되었다. 그런데 누가 알았겠는가? 그 순간이 내 인생의 큰 전환점이었다는 것을. 그리고 그것이 엄청난 행운이었다는 것을.

한 한기가 지나면서 지도학생 수가 늘어나자 1988년도 2학기부터 금요일 오후 수업 후 《문심조룡》 공부가 시작되었다. 선생님은 뜻밖에도 중국 고전 공부를 제안했다. 그때 깨달았다. 기본 바탕을 넓게 잡아야 학문의 탑을 높이 쌓을 수 있다는 것을. 선생님은 현실적인 욕망 채우기에 급급한 학문은 멀리 갈 수 없음을 제자들에게 가르쳐 주고자 했다. 전체 50장 중 일주일에 두서너 장을 읽어 나갔다. 지금 생각하면 등줄기에 식은땀이 난다. 얕은 지식을 숙고하지 못하고 너무 쉽게 뱉어 내었으니 말이다. 직장생활과 장거리 통학이란 여건 속에서 세 과목 수업에다 과외 스터디까지 소화하기는 쉬운 일이 아니었다. 어려운 가운데에도 미묘한 오기가 발동했다. 나는 석사과정 학생들보다 열 살이나 나이를 더 먹은 현직 교수이면서 박사과정을 수학하는 처지라 뭔가 달라야 한다는 부담감을 떨치지 못했다. 함께 공부하는 나이 적은 사람들에게 무능한 사람으로 비칠까 두렵기도 했다. 그래서 작은 일에도 온 힘을 다 쏟고, 어떤 경우든 약속을 지킴으로써 신뢰감을 주려고 애썼다. 학문에는 부족했으나 우직한 뚝심은 잃지 않았다. 이러한 나의 모습을 선생님도 좋게 평가해 주었다. 학기를 거듭하면서 나는 나 자신이 크게 바뀌었음을 알게 되었다. 그 변화의 한가운데 지도교수였던 최동호 선생님께서 계셨다. 이 무렵은 내 인생에서 가장 자신감과 희망이 넘쳤던 때였다.

최동호 선생님은 많은 일을 기획하고 실행에 옮기고 완성했다. 아무것도 하지 않고 한자리에 머무는 것을 가장 싫어했던 것 같다. 그것은 제자들한테도 마찬가지였다. 무슨 일을 하든 성실히 임하지 않을 때에는 호되게 야단쳤다. 항상 엄격함과 공정함을 견지했다. 수업이나 학문 활동을 떠나 이루어지는 회식자리나 단체 여행에서는 뜻밖에 부드러웠지만, 기본이 흐트러지는 것을 용납하지 않았다. 선생님과 수차례 술자리를 같이했으나 한번도 넘쳐서 실수하는 것을 본 적이 없다. 그런데 엄격한 가운데에서도 선생님은 제자를 걱정하고 아끼는 마음이 깊었다. 그것이 내면 깊이 담겨 있어 겉으로 다정다감하게 표나지 않았을 뿐이다. 특히, 제자의 장래나 취업 문제에 관한 관심은 남다른 데가 있었다. 선생님은 제자가 자신의 학문을 펼칠 수 있는 현실적인 장을 마련하는데 도움을 주고자 무척 애를 썼다. 논문 발표, 저술 활동, 문단 활동 등을 통해 학자 혹은 교수로서의 기본기를 갖추도록 독려하고 실질적인 방법을 제시해 주었다. 선생님은 학문탐구의 현실적인 실현 가능성에 무게를 두고 제자를 지도했다. 이러한 선생님의 지도에 누구보다도 큰 혜택을 본 것이 바로 나였다. 신춘문예 평론 등단과 문단 활동, 연구서와 평론집 발간, 고등학교 문학 교과서 집필 등 내 인생에 일어났던 굵직한 일 뒤에는 언제나 선생님의 지도와 후원이 있었다. 든든한 멘토였다.

행운은 어떤 목적이 우연히 이루어지는 것을 말한다. 나는 우연히 서울로 공부하러 갔고, 거기서 최동호 선생님을 만났다. 한 치만 빗나가도 인연이 맺어질 수 없는 우연한 만남이었다. 이 만남이 계기가 되어 내가 이룬 것은 절대 가볍지 않다. 다른 사람이 보기에는 그것이 초라할 수도 있지만, 나 스스로는 타고난 그릇에 담을 만큼 충분히 채웠다고 생각한다. 그래서 이 글 서두에서 "최동호 선생님과의 만남은 나에게 큰 행운이었다."라고 했다. 이렇게 말하고 나니 그동안 선생님께 진 빚의 일부분이라도 갚는 것 같아 마음이 다소 가벼워진다. 하지만 선생님의 정년퇴임에 즈음하여 이 글을 쓰는 자체가 슬프다. 그 자리에 오래 계셔서 제자들에게 더 많은 가르침과 사랑을 베풀었으면 하는 바람 때문이다. 근년에 들어 선생님하고 관계가 소원해진 것 같기도 하다. 멀리 있다는 핑계로 제자로서 역할을 제대로 하지 못한 점을 늘 마음에 짐으로 안고 지내왔다. 부족한 사람이 이 틈에 섞여 몇 줄의 글을 남기는 것만으로도 영광스럽고 행복하다. 선생님의 가르침과 후원에 부응하지 못한 것 같아 한편으로는 송구스럽지만, 선생님에 대한 '구이경지久而敬之'의 마음은 언제나 변함없었고 앞으로도 그럴 것이다. 이제 더 젊고 유능한 제자들이 선생님의 뜻을 받들어 큰 학통으로 이어갔으면 한다. 나는 그저 언저리에서 바라보는 것만으로도 충분할 것 같다.

　　최동호 선생님과의 만남은 나에게 큰 행운이었다.

4부
실존

기억의 윤리

"덥다, 더버." 대구의 낮 최고 기온이 연일 35도를 넘기고 있다. 언론은 무더운 날씨를 강조하느라 '폭염, 열대야, 불볕더위, 찜질방더위' 등 온갖 말로 요란을 떤다. 배롱나무 꽃잎의 요염한 홍색도 지쳐 보인다. 숨차게 돌아가는 선풍기 바람에서도 열기가 전해 온다. 그런데 갑자기 오래전의 기억이 되살아났다. 유년시절 여름 내내 개울에서 친구와 멱감고 놀았던 일을 떠올리니 엷은 웃음이 번졌다. 어느 집 문간방에서 자취하던 중·고등학교 시절의 여름은 어떠했던가? 시멘트 블록 벽과 콘크리트 슬래브 지붕이 내뿜는 열기는 밤잠을 앗아갔다. 하지만 촌놈이 도시에 나와 유학할 수 있다는 것만으로도 행복했던 시절이다. 그날을 견디었기에 오늘이 있지 않은가.

어제가 있었기에 오늘이 있고, 과거를 기억함으로써 오늘
은 더욱 두꺼워진다. 시인 롬펠로는 "죽은 과거는 묻어 버려
라. 그리고 살아 있는 현재에 행동하라."고 했다. 현재의 중
요성을 말하려고 과거는 죽었다고 했을 것이다. 지난날의 달
콤하고 감상적인 추억에 빠져 현재를 회피해서는 안 된다는
말이리라. 옛날의 상처를 괜스레 긁어 덧나게 하지 말라는 뜻
이기도 하다. 과거는 죽지 않으며, 현재 살아 있는 나의 표현
이다. 과거를 오늘의 삶에 살아 숨 쉬도록 하는 것이 기억이
다. 기억의 증언이 쌓여 오늘의 실존이 되고, 현재 삶의 넓이
와 깊이가 된다. 기억은 아직 지워지지 않은 과거의 껍질이
아니라, 오늘에 의해 재구성되고 해석된 것이다. 따라서 기억
하는 것은 살아 있음의 실체다.

우리는 모든 과거를 다 기억할 수 없다. 사실 그럴 필요도
없다. 대부분의 과거는 세월 속에 묻혀 잊힌다. 인간은 모든
것을 기억하며 살아갈 수 없다고 한다. 정신분석학자에 의하
면 사람은 자신의 과거 중에서 참을 수 없는 것, 힘들고 고통
스러운 것, 자기 양심에 어긋나는 것 등 못 받아들이는 것은
의식 밖으로 밀어낸다고 한다. 이러한 망각의 작용으로 고통
과 상처는 시간이 지나면 자연스럽게 치유된다. 이는 분명히

망각의 긍정적인 부분이다. 그러나 이러한 망각에도 현재의 욕구와 관심이 투여된다는 점에서 자연스러운 습관만으로 이해할 수 없다. 망각도 기억과 마찬가지로 한 존재의 실존을 규정하는 요소다. 그래서 망각에도 개인의 책임과 인격이 따른다.

오늘은 68주년을 맞는 광복절이다. 그날은 꼭 기억해야 할 우리의 역사다. 오늘도 우리에게 여전히 깊은 의미로 작동하는 현재의 시간이다. 그 기억이 36년 동안 식민지 지배를 받은 데 대한 통한을 잊을 수 없다는 감정의 기억이 되어서는 안 된다. 집집이 태극기를 달고 광복절 기념식을 한다고 그날을 제대로 기억하는 것은 아니다. 우리가 식민지 지배를 받았던 원인은 무엇이며, 그로 말미암아 무엇을 잃었는지, 그때 우리를 지배하면서 만행을 저질렀던 일본이 지금 어떤 태도를 보이는지 직시해야 한다. 욱일기를 쳐들고 야스쿠니 신사를 찾는 일본 정치인들의 의도를 마음에 새겨야 한다. 이것이 역사의식이다. 역사의식은 과거를 기억하여 현재를 냉철하게 인식하는 힘이다.

우리는 모두 지난날을 너무 쉽게 잊고 사는 것 같다. 상처로 아파하고 배고팠던 시절을 애써 기억할 필요가 없을는지 모르지만, 문제는 잊지 말아야 할 것을 잊어버리는 것이다. 특히, 물질과 권력을 좇아 오래되지도 않은 어제를 쉽게 잊어버리는 것을 보면 가슴이 아프다. 국정원이 댓글 조작도 그 하나의 예다. 정권에 대한 약간의 충성심으로 한 일을 두고 그 많은 사람이 촛불을 들고 거리로 나오는 것은 과잉반응이 아니냐고 항변할 수도 있다. 하지만 이삼십 년 전 민주화를 위해 온 국민이 하나가 되고 목숨까지 희생하는 사람이 있었던 그때를 기억한다면, 있어서는 안 될 일이 아닌가. 과거를 기억하는 것은 현재의 가치이고 윤리다. 현재 내 삶은 어제의 기억을 버리고는 품격을 유지할 수 없다.

오늘, 부채 하나로 더위를 이겼던 그 옛날을 기억해 본다.

보조步調를 맞추다

　아내와 함께 강변길을 걸었다. 밤인데도 더위의 기세가 꺾이지 않았다. 후덥지근한 대기에 포위되어 온몸이 녹아내릴 것만 같았다. 괜히 밖으로 나왔다는 생각이 들어 짜증까지 났다. 그런데 짜증스러운 일은 따로 있었다. 한참 걷다 보면 아내는 뒤처져 따라왔다. 멈춰 서서 기다렸다. 아내와 보조를 맞추려고 천천히 걸어보기도 했다. 그것도 잠시, 조금 후면 나는 또다시 앞서 가고 아내는 뒤처져 걷고 있었다. 나는 걸음이 빠른 편이다. 아내보다 보폭도 더 넓다. 성격까지 급해 빨리 걷는 것이 몸에 뱄다. 나대로 걷지 못하고 아내와 보조를 맞추려니 점점 신경질이 났다. 한편으로는 아내에게 미안하기도 했다. 삼십 년이나 같이 살면서 늘 나 혼자 걷기만 한 것 같아서 말이다.

신경숙의 소설 〈엄마를 부탁해〉가 생각났다. 생일상을 받기 위해 서울 아들 집에 오다가 서울 지하철역에서 아버지의 손을 놓쳐 실종되고 만 어머니에 관한 이야기로 시작된다. 소설을 읽으면서 복잡하고 낯선 도시에서 옆에 있는 아내를 제대로 챙기지 않고 자기 혼자만 앞서 걸어갔던 그 '아버지'를 얼마나 비난했던가. 그런데 나도 그 '아버지'와 조금도 다를 바 없는 사람임을 알았다. 이는 가부장적 가족제도가 남긴 남성 우월주의의 잔재인가, 아니면 개인의 성격 문제인가? 옆에 있는 사람에게 조그만 신경을 썼다면 일어나지 않았을 일이다. 그것도 남도 아닌 자기 아내가 아니던가. 바쁠 것도 없는데 어깨를 나란히 하지 못하고 앞서 걷는 이기적인 내가 한심하게 느껴졌다.

이 세상을 살아간다는 것은 타인과 함께 걸어가는 일이다. 세계의 중심에는 '나'가 있으나 주위에 타인에 있기에 내가 중심이 될 수 있다. 하지만 대다수는 내 주위나 바로 옆에 있는 사람에게 무관심하다. 개인주의가 팽배한 오늘의 우리는 남을 배려하는 능력을 상실하고 만 것 같다. 도킨스의 《이기적 유전자》라는 저서가 있다. 저자는 마치 인간의 본성이 이기적임을 주장하는 것 같이 들린다. 생물의 모든 개체는 자신의 유전자를 지키기 위해 당연히 이기적일 수밖에 없다. 그러나 저자는 개체간의 경쟁과 갈등 가운데에서도 협동과 이타적 행동이 흔하게 목격된다는 점을 놓치지 않는다. 이타적인 행동 능력이야말로 인간을 인간답게 하는 부분이 아닐까 싶다.

타인에게 관심을 보이면서 이 세상을 함께 걸어가는 것은 도덕적 실천으로서 인간의 미덕에 해당한다. 보조를 맞춘다는 것은 여럿이 함께 일할 때 상호간의 조화나 진행 속도를 맞춘다는 뜻이다. 내 욕망만을 좇아, 남과의 경쟁에서 이기려고만 하면 남과 보조를 맞출 수 없다. 보조를 맞춰 걷는다는 것은 나보다 남을 배려하는 일이다. 경쟁에서 상대를 누르고 적자가 되는 것만이 능사가 아니라는 말이다. 이기적인 욕망을 제어하고 남을 배려하는 이타주의는 서로에게 이득이 될 수도 있기 때문이다. 이기적인 개체는 상호 협력하고 배려함으로써 사회적인 공존이 가능하다. 그래서 도킨스도 그의 책 마지막 장에 "마음씨 좋은 녀석이 일등 한다."라고 덧붙였는지 모른다.

하지만 보조를 맞추려고 내 능력과 개성까지 희생해가면서 남과 똑같이 될 필요는 없다. 같은 보조를 앞세워 전체를 획일화하려는 것은 위험한 발상이다. 군대 제식훈련의 통일성과 균질성을 기억할 것이다. 전체의 일사불란한 행동이 아무리 효율성이 크다 한들 개인 존재가 무시되고서야 무슨 소용이 있겠는가. 저마다의 능력과 개성이 존중되어야 한다. 보조를 맞추는 것은 획일적인 통일을 뜻하지 않는다. 개인의 욕망에만 집착하는 이기적인 태도에서 물러나 옆 사람을 배려하는 심성을 발휘하라는 뜻이다. 다른 사람과 함께 걷기 위해 나의 빠른 걸음을 늦출 수 있는 여유를 가지라는 말일 것이다. 나란히 걷는 모습은 조화롭고 아름답다. 서로 손을 맞잡았을 때는 더욱 그렇다.

소나기는 소나기일 뿐이다

올여름 더위는 유난했다. 작열하는 태양, 달아오른 대지, 쏟아지는 땀, 잠 못 이루는 열대야, 높아가는 불쾌지수 등 어느 하나 만만한 것이 없었다. 더욱 힘들었던 것은 여름이 쉽게 물러나지 않을 것이라는 생각이었다. 여름이 극성스러울수록 가을이 더 선명하게 다가온다는 점을 전혀 예상하지 못했다. 더위를 향해 악다구니를 퍼부을 줄만 알았지, 언젠가는 여름은 지나가고 가을이 온다는 자연의 이치를 생각할 겨를이 없었다. 여름을 여유롭게 대했다면, 유별난 올 더위도 참을 만했을 것이다. 그런데 어느 날 갑자기 창문을 닫았고 잠자리에서 이불을 찾았다. 한 발도 물러서지 않을 것 같았던 여름도 한순간에 기세가 꺾이고 말았다. 여름과 맞섰던 긴장이 풀리면서 허전하기까지 했다.

약속 시각은 얼마 남지 않았는데, 도로가 막혀 차가 움직일 생각을 않는다. 돌아갈 수도 없고, 옆으로 빠질 수도 없다. 뭐 때문인지 궁금하여 허리를 세워 앞을 내다보지만, 보이는 것은 늘어선 온갖 차들의 행렬이다. 마음이 다급해지고, 그럴수록 원망이 일기 시작한다. 원활한 교통 시설을 마련하지 못한 정부 당국에서부터 그 시간에 차를 몰고 나온 불특정다수에까지 원망의 대상이 된다. 도로 정체를 예상하여 좀 더 일찍 출발하지 못한 자신에 대한 질책은 전혀 없다. 도시의 모든 도로가 꽉 막힌 것 같은 착각에 빠져 답답하고 짜증이 난다. 그런데 얼마 지나지 않아 차들이 서서히 움직인다. 언제 막혔느냐는 듯이 속도를 낸다. 약속 시각까지는 충분하다. 금방 평정을 되찾는다.

소나기는 지나가는 소나기일 뿐이다. 모든 것은 지나간다. 밤이 비록 길게 느껴질지라도 새벽은 반드시 온다. 세상에 변하지 않는 것은 아무것도 없다. 출구가 보이지 않는 깜깜한 어둠도, 뼈를 파고드는 고통도, 통한의 슬픔도 소나기처럼 지나가기 마련이다. 하지만 너무나 이 자명한 원리를 자각하기란 쉽지 않다. 주어진 현실의 문제와 어려움만 크게 확대해서 보기 때문이다. 지나고 보면 별것 아닌데, 왜 그렇게 애태웠던가? 대부분 그 문제를 한발 물러서 거리를 두고 보지 못했기 때문이다. 자기 속에 갇혀 복닥거리며 방향을 찾지 못한 탓이기도 하다. 문제를 둘러싸고 있는 객관적인 문맥, 나 밖의 타자를 읽어내는 마음의 거리가 부족하다. 자신의 견고한 울타리를 허물 필요가 있다.

이런 심리학 실험이 있다. 자신의 마른 혀 둘레를 적시는 입안의 침은 기분 좋게 생각한다. 반면에 자신의 침을 유리잔에 뱉은 다음 그것을 마시는 상상을 하라고 하면, 그것을 입안에 침과는 다르게 생각한다는 것이다. 이는 사고가 어떤 맥락에 갇혀 있기 때문이다. 하나의 맥락에 갇혀 다른 맥락을 사고하지 못하거나 그릇된 편견에 갇혀 진실을 놓쳐 버린 결과다. 닭장에서 자란 독수리는 날지 못한다는 실험 결과도 있다. 독수리는 자신의 날 수 있는 잠재 능력을 외면하고 현재의 닭장에 갇혀 닭처럼 땅을 파는 삶을 산다. 닭장이라는 맥락이 독수리 원래의 능력을 앗아간 셈이다. 우리는 한쪽 맥락에 갇혀 제한되고 훈련된 사고에 익숙해져 가기 쉽다. 그래서 편견이 난무한다.

우리는 세계와 대상을 투명하고, 객관적이고, 순수하게 바라보기가 어렵다. 무엇을 판단하든 주체의 관점이 작동될 수밖에 없다. 자신의 처지와 맥락을 뛰어넘기가 쉽지 않다는 말이다. 더욱이 정보 조작에 의한 가상현실은 현실보다 더 강한 증강현실로 드러나고, 욕망이 만들어 내는 무수한 환상이 지금 우리 삶을 포위하고 있다. 생각과 판단의 투명함은 말로만 가능할 뿐이다. 중요한 것은 어느 한쪽으로만 쏠리지 않는 균형 감각이다. 바늘 하나 들어갈 틈도 없는 내 마음이 어느 때는 이 세상 전부를 담을 만큼 넓을 수 있음을 알아야 한다. 내 마음이 감옥일 때가 많다. "모든 것은 생각하기 나름"이라는 상식적인 말이 가장 절실하게 다가온다. 집착이 아닌 허심虛心이 비책이리라.

소나기는 소나기일 뿐이다.

사랑하기 딱 좋은 나이

어느 날 우연히 거울 속에 비춰진
내 모습을 바라보면서
세월아 비켜라 내 나이가 어때서
사랑하기 딱 좋은 나인데

　올해 들어 유행하는 대중가요의 한 부분이다. 리듬이 경쾌
하고 흥겹다. 그런데 핵심 메시지인 "사랑하기 딱 좋은 나인
데"라는 구절이나 노래 전체에 묻어나는 뒷맛은 유쾌하지 못
하다. 측은함과 무상감 때문이다. 이 노래를 부른 가수의 나
이도, 즐겨 부르는 나이층도 주로 육십 대인 것 같다. 나 또한
이 나이에 가까이 다가와 있다. 사랑하기 딱 좋은 나이라는
노랫말이 사랑을 불태울 수 있는 젊음을 잃고 말았다는 탄식
으로 들리는 까닭은 무엇일까?

우리 사회는 초고령화 사회로 진입했다고 한다. 노인 인구의 비중이 점점 높아간다는 통계 수치는 자주 들어 이제 놀랍지도 않다. 오래 살고 싶다는 욕망의 표현인지 고령화 사회의 문제를 걱정하는 것인지는 모르겠으나 '백 세 시대'라는 말이 유행어처럼 사람들의 입에 오르내린다. 많은 사람이 장수한다. 하지만 '장수'라는 말이 주는 밝은 어감 뒤에는 사회적 문제와 개인 실존의 위기가 도사리고 있다. "이 세상에서 혼자 밥 먹는 자들 / 풀어진 뒷머리를 보라 / 파고다 공원 뒤편 순댓집에서 / 국밥을 숟가락 가득 떠 넣으시는 노인의, 쩍 벌린 입이 / 나는 어찌 이리 눈물겨운가." 황지우 시 〈거룩한 식사〉의 일부분이다. 혼자 찬밥을 넘기는 궁핍한 모습은 현대 사회 노인의 아이콘일지 모른다. 고독은 노인의 은유가 되었다. 우리 사회에서 노인은 과연 누구인가?

　육십 대 중반 어느 남자의 불평이다. 젊은 사람이 자기를 '어르신'이라고 불러 크게 기분이 상했다는 것이다. 마치 늙은 노인 취급당하는 것 같았다고 한다. 그는 아직 '어르신'보다는 '아저씨'로 불리기를 원했다. 호칭에 아주 민감하게 반응했다. 지하철 경로석을 꺼리는 노인도 적지 않다고 한다. 나이보다 어리게 보인다거나 '동안'이라는 말이 빈말인지 알면서도 누구나 좋아한다. 젊어 보이려고 혹은 늙어 보이지 않으려고 온갖 방법을 동원하고 돈도 아끼지 않는다. 늙음을 죄

악시하는 사회다. 속도와 관능의 이미지를 소비하는 현대 사회에서 젊음은 누구에게나 절대적인 욕망으로 자리 잡았다. 그러니 나이 들면 자신감을 잃고 의기소침해질 수밖에 없다. 나이는 숫자에 불과하다는 말은 나이를 깊이 의식하지 않을 수 없음을 역설적으로 드러낸다.

오늘날 노인 대부분이 요양병원에서 죽음을 맞이한다. 언제부터인가 노인들만이 모이는 특정한 공간이 생겨났다. '경로당'이란 아름다운 말에는 노인을 노인 세대로 호명하여 공간적으로 분리하려는 의도가 작동하고 있다. 모든 세대를 통합하는 공간은 어디에도 없다. 이러한 한계를 극복할 수 있는 마지막 보루가 가정인데, 우리의 가족 해체는 극단에 이르렀다. 필요한 것은 노인을 배려하는 제도나 정책이 아니다. 노인들이 자기 삶에서 제 나름의 가치를 확립하는 문화적 토대가 필요하다. 칠순을 넘긴 노인이 여러 분야에서 새롭게 도전하는 예를 자주 본다. 특히 사회 봉사활동이나 문화 예술활동에서 적극적인 모습을 보여 주는 사람이 많다. 노인들이 주체가 되는 노인만의 문화 기반이 필요하다. 그러려면 노인들 스스로 이 사회의 잉여인간이란 패배의식에서 벗어나야 한다. 뒷세대에 밀려 초라하고 쓸쓸하게 퇴장할 수는 없지 않은가?

세상의 모든 인간은 늙고 죽는다. 늙으면 약해지고 병들며

외모가 추해질 수밖에 없다. 늙음은 인간 존재의 본질적인 측면이다. 누구도 벗어날 수 없는 운명이고 한계이다. 이러한 한계가 인간을 인간답게 만들어 준다. 나뭇잎은 떨어지기 전에 생애 가장 아름다운 자기 모습을 단풍으로 드러낸다. 노인으로 사는 삶도 이 단풍과 같다. 노인이 되면 여유 있게 세상을 관조하고 내 밖의 것을 끌어안는 큰 사랑을 실천할 수 있다. 어쩌면 "사랑하기 딱 좋은 나이"일지 모른다. 그것은 정염과 열정의 사랑이 아니라, 자연의 질서 속에 자신을 조용히 내려놓는 인간 존재와 삶에 대한 근원적 사랑일 것이다.

주례의 만세삼창

당혹스러웠다. 신랑 신부 및 양가 혼주의 내빈 인사 순서가 끝나고 이제 주례로서 임무는 다했구나, 라고 생각하며 긴장을 풀려는 순간이었다. 사회자가 자기부터 만세삼창을 하더니 신랑 신부를 거쳐 주례인 나한테도 그렇게 하란다. 난감했다. 그동안 주례로서 취했던 엄숙한 자세와 말이 한꺼번에 무너지는 것 같았다. 공식적인 결혼식 절차가 끝난 후 따르는, 소위 2부의 시작이었다. 요사이 혼례에서 왜 이런 순서가 생겼는지 모르지만, 이것이 식장에 참석한 사람한테 한바탕 웃음을 주는 데는 일조하는 것 같다. 거절하기 어려운 상황이었다. 그렇다고 화를 내면 식장 분위기가 엉망이 되는 것은 뻔한 일, 시키는 대로 하자. 편하게 마음먹고 큰 소리로 '만세'를 세 번 외쳤다.

당혹스러웠던 그 순간을 어색하지 않게 넘긴 후 체면이 구겨진 것 같기도 하고 쑥스럽기도 했다. 하지만 한편으로 내 의식 속에 막혔던 무엇이 확 뚫리면서 마음이 한층 가벼워지는 느낌이 들기도 했다. 평상시 공식 행사에서 엄숙해야 한다는 원칙은 내 몸에 배어 있어 자동으로 발동된다. 어릴 때부터 참석해 온 집안 제례나 차례에서, 학창시절 교실이나 그 많은 행사장에서, 반복되었던 군대의 점호와 열병식에서, 혹은 성당 미사에서 질서정연함과 엄숙함은 지켜야 할 불문율이었다. 엄숙함과 진지함이 조금만 흐트러져도 불편했다. 그 원인 제공자를 쉽게 용납하지 않았다. 수업 시간에도 드러내는 나의 이 진지하고 무거운 자세를 학생들은 싫어했다. 잘 알면서 이를 고치지 못했다.

　우리 삶의 조건과 양식은 빠르게 변화한다. 겉모양뿐만 아니라 밑바닥까지 바뀌고 있다. 유동하는 현대 사회의 변화 속도는 급진적으로 가속화된다. 그래서 주위에는 익숙한 것이 거의 없다. 온통 낯선 것들에 둘러싸여 늘 어리둥절해한다. 나이 든 어른일수록 더욱 그럴 것이다. 기성세대가 자신의 어린 시절이나 청년 시절에 비춰 지금의 청소년과 젊은이를 바라보면, 그들은 외계인 같다. 현재 아이들은 자기 부모 세대의 세계와 가치에 머물려고 하지 않는다. 자신들은 어른과 전혀 다른 사람이라고 간주한다. 기성세대와 신세대 모두 여러 측면에 나타나는 세대 간의 격차는 결코 바꿀 수 없는 결정적인 것으로 생각한다. 이것이 종종 갈등으로 불거진다.

세대 간의 격차를 줄이고 서로 통합하는 길을 찾는 일은 쉽지 않다. 기성세대는 자신들이 편안하게 만들어 놓은 세상을 이제 세상 초년병인 신세대가 파괴할까 두려워한다. 반대로 젊은 신세대는 기성세대가 이 세상을 엉망진창으로 만들어 놓았다고 비난하며 바로 잡으려고 반기를 든다. 서로 상대측의 잘못으로 자신들이 불편을 겪는다고 주장한다. 자식의 결혼 문제를 두고 부모와 자식 간 첨예하게 대립하는 장면은 텔레비전 드라마의 단골 레퍼토리다. 타협하여 공통된 하나의 가치로 통합하자는 것은 구호에 지나지 않는다. 오히려 각자의 세계와 가치를 그대로 인정하는 것이 바람직하다. 차이를 인정하고 서로 존중해 주는 것이 갈등을 줄이는 지름길이기 때문이다.

결혼식이 엄숙하고 진지해야 한다는 것은 어른들의 생각이다. 젊은이들에게 결혼식은 이벤트다. 그래서 오래 기억되고 겉으로 튀는 무엇인가를 보여 주고 싶어 한다. 그러니 결혼식이 일종의 퍼포먼스의 성향을 띨 수밖에 없다. 오늘날의 결혼식은 신랑 신부가 성인 사회로 진입하는 통과의례 차원을 벗어났다. 어른들이 불평을 늘어놓아도 젊은이는 자기들의 방식을 절대 바꾸지 않을 것이다. 결혼식의 주인공이 젊은 신랑 신부가 아닌가. 어른들은 그들의 생각과 방식에 따르면 된다. 부모는 '혼주'가 아니라, 하객의 한 사람이다. 주례도 마찬가지다. 이 시대 '혼주'와 '주례'는 이제 '주主'가 아니라, '객客'일 뿐이다. 젊은 주인공에게 축하의 박수를 보내며 유쾌한 잔치를 즐기면 된다. 즐거운 잔치 마당에 주례의 만세삼창은 그렇게 낯 깎일 일이 아니라는 말이다.

존재의 완성

올해 달력도 마지막 한 장을 남겨 놓았다. 거울 속에 내 자화상과 지나온 시간을 되돌아본다. 한 해가 저물어 가는 12월이다. 틈새가 없을 정도로 모임이 줄을 잇는다. 무엇인가 의미를 찾고 싶다. 그 의미라는 것이 허공에 새겨지는 그림자와 같은 것이지만, 그렇게라도 하지 않으면 존재의 허기를 견딜수 없을 것 같다. 우리는 모두 지금까지 살아왔고, 현재 살고 있으며, 앞으로 살아가야 한다. 우리에게 주어진 과제는 내 앞에 놓인 삶을 어떻게 살 것인가의 문제다. 아름다운 삶을 위해 나는 무엇을 해야 하는가? 이것이 고민이고 숙제다.

가장 아름다운 바다는
아직 건너지 않았다.

가장 아름다운 아이는
아직 태어나지 않았다.

우리의 가장 아름다운 날들은
아직 살아보지 못한 날들이다.

그리고 당신에게 해보고 싶은 가장 아름다운 말은
아직 내가 하지 못한 말이다.

　나짐 히크렛의 시다. 그는 오랫동안 감옥에 갇혀 있었다. 몸은 컴퍼스의 한끝처럼 감옥에 고정되어 있었으나 다른 한끝은 감옥에서 벗어나 내일의 씨앗을 위해 과일을 키웠다. 그는 아직 펼쳐보지 못한 수많은 자아의 능력, 힘, 모습을 새롭게 시도해 가는 희망의 원리 위에 자신의 삶이 놓여 있다고 생각했다. 그런데 아름다운 날과 말은 현재 나에게 저절로 주어지지 않는다. 자기 자신이 변하지 않고서는 아름다운 날은 오지 않는다. 내가 변할 때 세상도 아름답고 새롭게 바뀐다. 내일의 아름다운 삶을 설계하는 일은 꿈과 희망의 불씨를 간직하고 살아간다는 말과 같다.
　우리는 누구나 행복하고 가치 있는 삶을 갈망한다. 과연 어떤 삶이 행복하고 가치 있는가? 인생의 행복은 주관적인 만족이다. 나물 먹고 물 마시고 누옥에 살아도 자기 자신이 만족하면 그것은 행복한 삶이 될 수 있다. 어떤 객관적인 기준이나 조건과는 무관하게 자기 삶에 대해 주관적으로 만족하는 상태가 행복이다. 하지만 행복이 인생 전부일 수는 없다. 삶의 의미는 주관적인 행복 그 이상이다. 의미 있는 삶은 단지 행복만을 얻는 것이 아니라, 어떤 가치를 실현하는 것이다. 추구할 만한 가치를 설정하고 그것을 지향하는 것이 삶의 의미가 아니겠는가.

인간 삶에서 시공간을 초월하는 절대적인 가치가 정해진 것은 아니다. 즉, 삶의 객관적인 가치는 외적 권위, 사회 제도와 관습에 의해 주어지지 않는다는 말이다. 인류가 역사와 문화를 통해 가꾸어 온 보편적인 가치의 테두리 속에서 개인은 자아의 성장과 변화를 도모한다. 주관적이고 본능적인 만족 차원에 안주하지 않고 의식적인 실천을 통해서 자신이 추구하고자 하는 가치를 실현한다. 즉, 객관적인 가치를 생산하면서 더 큰 주관적인 만족을 이루는 것이 바로 인생의 의미이고 목표다. 자기 한계를 극복하고 주관적 만족보다 더 높은 차원으로 자기를 발전, 상승시켜 나아가는 것이 인생의 의미일 것이다.

어느 심리학자는 인간 욕구의 최종 단계를 '자기실현의 욕구'로 설정했다. 개인이 삶의 과정에서 자신의 욕구를 성취하고 꿈을 실현하여 존재감을 확인하는 것이 자기실현이다. 그러나 이러한 차원의 자기실현은 주관적인 욕구충족 혹은 그 결과로 주어지는 주관적 만족의 차원을 완전히 벗어났다고 보기 어렵다. 물론 자아의 범위는 넓다. 순간적인 자아뿐만 아니라 영원한 자아도 있다. 개인적인 자아에 갇혀 살 수도 있고, 반면에 사회적이고 역사적인 자아로 살 수도 있다. 개인은 모두 자신을 위한 개인으로서만 살아가는 것이 아니라, 공동체를 위한 자아로서 살 수도 있다는 뜻이다. 그러나 '자아실현'은 개인적인 범위 안에 한정되는 것으로 이해될 가능성이 크다. 자아실현이 개인적인 차원에서 범위를 넓혀 공동체적이고 보편적인 차원으로 확대될 때 '인간 존재의 완성'을 이루어낼 수 있을 것이다.

한 장 남은 올해의 달력 앞에 서 있다. 내 존재를 실현하고 완성하는 길은 무엇인가? 조금은 막연하고 감상적인 물음이 낯설지 않게 다가오는 계절이다.

대자보와 손글씨

지난해 막바지 한 대학생이 쓴 "안녕들 하십니까?"라는 대자보는 엄청난 파장을 불러일으켰다. 그 전파력은 누구도 예상하지 못했다. 서울 어느 대학교 담장에 붙은 대자보는 마른 풀에 옮겨붙은 불처럼 삽시간에 또 다른 대자보로 번져나갔다. 대자보에 호응하거나 응답한 사람은 주로 젊은 계층이었다. 그 대자보들이 담은 내용이나 정치적 함의는 결코 가볍게 봐서는 안 될 것이다.

여기서는 '대자보'라는 형식에 주목해 본다. 지금은 인터넷이라는 매체가 우리 일상을 지배하는 시대다. 어째서 한물간 '대자보'가 디지털 시대의 한복판에 느닷없이 등장하여 위세를 떨친다는 말인가? 대자보에 대한 반응은 뜻밖에 뜨거웠고 반향의 폭도 컸다. 디지털 매체 속으로 뛰어든 이 당돌한 '대자보'가 지니는 문화적 의미는 무엇인가.

이 시대를 살아가는 사람 대부분은 스마트폰에 실시간으로 올라오는 수많은 정보를 읽고 소비한다. 사진이나 영상까지 곁들인 뉴스와 정보, 거기에 덧붙은 댓글은 어지러울 정도로 왁자지껄하다. 그런데 사이버공간에 떠도는 정보는 유동적이어서 다시 보기도 어렵다. 현란한 볼거리가 네티즌을 유혹하기 때문이다. 그들의 눈동자는 제트 스키처럼 빠르게 이동하며 정보를 대충 훑고 지나간다. 그런데 문제는 정보에 대한 신뢰다. 진짜 같은 가짜와 가짜 같은 진짜가 뒤섞여 진위의 구분이 안 된다. 사이버 공간에는 검증을 거치지 않은 왜곡된 정보가 넘쳐난다. 각자의 입맛에 따라 재가공된 불확실한 정보는 또 다른 거짓 정보를 생산하는 원료로 사용된다. '아니면 말고' 식이다. 진실과 거짓의 간극이 너무 크다.

종이에 손 글씨로 쓴 대자보의 충격은 낡은 것이라 여겼던 아날로그의 가치를 되짚어 보게 한다. 인류 역사에서 종이의 발명과 문자사용은 문명사를 새로 쓰게 했다. 문자로 정보를 기록하면서 인간의 사고력은 급속도로 확장한다. 그리고 책이라는 매체의 등장으로 지식 축적이 가능했으며, 그것을 토대로 과학과 문화도 놀랍게 발전했다. 이는 글쓰기가 가져온 혁명이었다. 종이에 글을 쓴다는 행위는 사유를 동반한다. 글로 표현하는 순간 생각은 체계화되며 정확성을 발휘한다. 논리적 사유와 표현은 상대의 생각을 움직이게 하는 원동력이다. 하얀 종이에 쓴 글은 구름처럼 흘러가는 생각을 붙잡고 확신을 심어 준다. 글은 말보다 신뢰가 높으므로 글을 통하면 나와 너의 교감은 한층 돈독해진다.

종이 매체의 특성은 물질성이다. 손으로 만지고 느낄 수 있다. 컴퓨터로 써서 출력한 글과 손으로 쓴 글씨는 느낌이 다르다. 손 글씨에는 글쓴이의 진정성과 개성이 묻어난다. 그래서 훨씬 호소력이 강하다. 어쩌면 단신으로 지나갔을 대자보가 많은 이들의 마음을 움직이게 한 이유도 여기에 있지 않을까? 대자보에는 생각과 메시지만 있는 것이 아니라 글씨를 쓴 사람의 구체적인 육성과 진심이 펄떡거린다. 내용을 담는 매체에 따라 메시지의 강도가 달라질 수 있다. 즉, 매체 자체가 바로 메시지이다. 디지털 매체가 지닌 비인간적인 차가움, 진위를 책임지지 않는 익명성, 한 곳에 정착 못 하는 유동성 등이 사람들의 불신을 키워온 것이 아닐까. 정보 소통의 구체성에 대한 욕망을 자극한 것이 바로 대자보인 것 같다.

디지털 기술을 업고 우리는 너무 빠른 속도로 달려왔다. 책을 버리고, 수첩을 버리고, 연필을 버리고, 인간성마저 포기하고 말았다. 손 글씨에서 전해 오던 따뜻함, 밤새 편지를 쓰고 또 써서 다음날 우체통에 넣을 때 온몸으로 전해오던 전

율을 다시 느끼고 싶다. 손 글씨로 쓴 대자보의 파괴력을 보면서 우리가 얼마나 인간적인 교감과 진정성에 목말라 하는지를 짐작할 수 있다. 디지털 기술의 행로는 아날로그의 아름다움이나 가치를 오히려 부각해 주었다.

이번 대자보의 내용 중 우리 언론에 대한 비판이 큰 부분을 차지했다고 한다. 이 비판이 겨냥하는 것은 언론이 취한 태도와 관점이다. 하지만 언론의 문제는 근본적으로 디지털 매체의 태생적 속성과 한계에 기인하는지도 모른다. 나의 편안함에 탐닉하고 남의 안녕에는 무관심하도록 길들이는 디지털 매체에 대한 반감이 진정으로 아름다워 보인다.

실존

영화 '변호인'에 이런 장면이 나온다. 고문 경찰관이 국밥집 아들 '진우'를 고문, 문초하다가 너의 사상이 뭐냐고 닦달한다. 그는 아마 '공산주의자 빨갱이'라는 자백을 원했을 것이다. 대학생 진우가 갑작스러운 질문에 머뭇거리자 경찰관 차동영은 진우를 폭행한다. 고통의 순간을 넘기기 위해 진우는 얼떨결에 '실존주의'라고 말한다. 거의 본능적인 반응이었다. '공산주의'나 '민주주의' 둘 중 하나여야 하는데, 엉뚱하게도 '실존주의'라는 말을 하자 경찰은 화를 내면서 진우에게 더욱 가혹한 고문을 가한다. 간단하지 않은 이 말은 국가 권력의 폭력성이라는 영화 본래의 주제에서 비켜나 있지만, 인간 존재의 본질적인 문제를 제기한다.

철학을 벗어나서 일상에서도 실존이라는 말을 가끔 사용한다. '실존'은 '현실존재' 혹은 '사실존재'를 간단하게 표현한 말로서 '본질존재'의 반대 개념이다. 세상에 모든 존재는 그 이름에 해당하는 보편적이고 추상적인 측면을 가진다. 사람은 본능에 따라 행동하는 동물과 달리 이성을 가진 만물의 영장이란 점에서 보편적인 존재다. 하지만 개인으로 인간은 자기만의 특수한 상황에서 살아가고, 그것은 다른 사람이 대신할 수 없는 자기 자신의 한 번뿐인 인생이다. 인간 존재는 고정된 명사형이 아니라 현실에 따라 끊임없이 변화하는 동사형이다. 이처럼 존재의 우연성이나 개별성이 바로 '실존'이다. 우리는 인간이란 보편적인 개념 안에 있으면서도 개별적인 존재자로 실존한다.

인간은 보편적인 가치와 윤리의식을 가지고 살아가지만, 대부분의 일상은 우연적인 현실의 연속이다. 정신적인 가치나 이념으로 살아가기 이전에 몸으로 먼저 부딪치고 반응한다. '존재가 본질에 앞선다'는 사르트르 명제는 이런 점에서 설득력이 있다. 김춘수의 시에 관한 이야기를 해 보자. 그의 시 '꽃'에서 모든 존재는 그것에 합당하는 이름이 붙여졌을 때 존재로서 의미를 지닌다고 했다. 하지만 그 후 시인 김춘수는 언어의 개념이 주는 폭력성을 인식하고 존재의 순수함을 드러내기 위해 무의미시를 실천한다. 언어의 개념보다 육체성이 존재를 순수하고 건강하게 만든다는 것이다. 개념이 삭제된 존재의 의미는 성립 불가능한 모순이지만, 이러한 무의미시는 개념과 이데올로기의 획일성에 대한 저항 의지를 내포한다.

인간 삶에서 노골적으로 혹은 은밀하게 작동하는 이데올로기는 개인의 실존을 통제하고 자유를 억압한다. 영화 '변호인'은 국가 공권력이라는 이데올로기가 개인의 삶을 어떻게 짓밟는지를 잘 보여준다. 일레인 글레이져 '겟 리얼'(GET REAL)이란 책에서 이렇게 말한다. "이데올로기는 두 가지 의미를 갖고 있으며, 하나의 의미가 다른 것의 정반대라는 점에서 매력적이다. 프로파간다처럼 이데올로기 역시 분명한 의미를 지니는 동시에 비밀스럽다. 은밀한 이데올로기는 꼬리표나 배지, 어떤 주위가 아니다. 그것은 책략, 숨겨진 의제, 환영에 관한 것이다." 익명적이고 은밀한 이데올로기가 개인의 심리를 움직이고 종국에는 폭력적인 악마로 돌변한다는 것이다. 숨은 책략이 언제 날카로운 발톱을 드러낼지 누구도 모른다.

지금 내 앞의 현실을 살아가는 우리의 삶, 즉 실존은 이데올로기나 객관적인 가치보다 앞선다. 우리는 오랫동안 정신이 늘 몸보다 위에 있고 위대하다고 들어 왔다. 그렇게 교육받기도 했다. 그런데 현실에서 피부로 와 닿는 것은 주관적인 만족과 몸의 편안함이다. 주관적인 욕망을 추구하는 것을 천박하다고 매도하는 것도 일종의 이데올로기다. 인간은 누구나 삶의 의미 있는 가치를 추구하면서 살아가지만, 그것만이 전부는 아니다. 내가 현재 이 땅 위에 발붙이고 살아있는 실존이 최소한 비인간적인 폭력에 의해 훼손되어서는 안 될 것이다. 이 시간과 공간에서 내가 살아있음으로써 이 세상도 존재하고 의미를 지닌다. 영화 '변호인'에서 공학도 진우가 고문을 받으면서 뱉은 '실존주의'는 실존이야말로 인간의 가장 기본적인 조건임을 역설하고 있다.

선물

　설 명절을 쇠는 모습이 다양해졌다. 고향에서 차례를 지내고 가족 친지 및 동네 이웃과 정담을 나누는 전통적인 풍습이 그대로 이어오는가 하면, 연휴 동안 여행을 떠나는 풍속도도 이제 낯설지 않다. 어쨌든 설에는 일에 옥죄었던 자신의 심신을 풀어놓고 푸근한 여유를 찾기도 하고, 가까운 사람에게 작은 선물을 전하기도 한다. 고향 찾는 이들 손에는 선물 꾸러미가 들려 있고 품 안에는 얼마간의 세뱃돈도 준비되어 있다. 따뜻한 마음을 서로 확인하고 관계를 돈독히 이어가도록 매개하는 것이 선물이 아닌가 싶다. 그래서 선물을 주는 마음은 순수하고 받는 마음은 유쾌하다.

　사전은 '선물'의 의미를 "남에게 인사나 정을 나타내는 뜻으로 물건을 줌"으로 풀이하고 있다. 이때 '인사나 정'은 무엇을 바라는 것이 아니기에, 선물은 대가성 없는 증여가 되어야 제값을 다한다. 한자 '膳'에서 '月'은 제사상에 올리는 고기를 뜻하는 말이라고 한다. 옛날부터 고기는 귀한 것이다. 제사 자리에 귀한 음식을 올리는 것이 '선'이다. 이처럼 선물은 선물 주는 사람이 자신을 낮추고 받는 사람에게 '드리는 물건'이다. 자신을 낮추고 남을 높이는 '하심河心의 윤리'가 전제되지 않은 선물은 하사下賜나 뇌물이 될 공산이 크다. 진정한 선물은 거저 줌이고, 다 줌이고, 나 없는 줌일 것이다. 무엇을 바라지 않고 나를 내세우지 않는 줌이 될 때, 선물은 값지고 아름답다.

자본주의 체제에서 순수한 선물이나 증여는 점점 사라지고 있다. 등가교환이라는 시장경제 원리가 우리의 일상과 의식을 지배하고 있기 때문이다. 주는 만큼 받는 것이 등가교환이다. 등가교환의 원리는 주고받음의 차이를 자기에게 유리하도록 거래하려는 욕망을 깔고 있다. 이때 거래하는 물건은 선물이 아니라 상품이다. 사는 사람은 내가 지급한 돈보다 더 가치 있는 물건을 원하고, 파는 사람은 자기가 건네준 물건보다 더 높은 가격의 돈을 받고자 한다. 이처럼 자본주의의 등가교환은 이기적인 구조를 가진다. 문제는 오늘날 선물 대부분이 그 본성을 잃어버리고 교환 방식으로 타락했다는 점이다. 이제 선물도 증여가 아닌, 주고받는 교환이 되고 말았다.

선물은 주고받는 것이 이상적이라고 생각하기가 쉽다. 사회윤리는 내가 받은 만큼 되돌려 주는 것이 인간의 도리라고 가르쳐 왔기 때문이다. 하지만 돌려주는 사람은 인간적 도리에서 그렇다 치더라도, 받는 사람이 주었기 때문에 되돌려 받아야 한다고 생각한다면, 선물의 의미는 희석되고 말 것이다. 사랑을 나누는 연인관계서도 주고받음의 원칙이 적용되는데, 다른 인간관계에서는 더 말할 나위가 없다. 오른손이 하는 일을 왼손이 모르도록 하는 것, '내'가 지워진 상태에서 주는 것만이 진정한 선물이다. 익명의 증여도 증여자 자신이 그것으로 마음의 만족을 얻었다면 순수하다고 말하기 어려울 것이다.

설날 고향을 찾은 자식이 부모한테 명절 선물을 주고, 어른이 아이들에게 세뱃돈을 주는 것은 그 자체로서는 얼마나 아름다운 일인가. 그것은 물질적 대가를 바라고 증여하는 것이 아니기 때문이다. 부모님께 감사의 마음을, 아이에게 건강하게 성장하라는 애정의 뜻을 전하는 것은 순수한 마음의 발로다. 선물과 세뱃돈의 물질적 크기는 중요하지 않다. 주는 사람의 따뜻한 마음과 받는 사람의 고마운 마음이 소통할 때, 그것이 최선의 선물이 아니겠는가. 더 중요한 것은 일상에서 주고받는 선물보다 나에게 주어진 인생이 최고의 선물임을 깨닫는 일이다. 지금의 내 삶과 생명은 나 자신이 만들어 낸

것이 아니라 외부로부터 나에게 주어진 선물이다.

오늘 하루도 하늘은 우리에게 무한정의 선물을 쏟아내고 있다. 하늘 아래 내가 존재하도록 해준 선물 말이다. 내 인생이 내가 받은 최대의 선물이 아니겠는가. 그래서 이 설에는 나에게 주어진 작은 선물에도 감사하고, 내 것도 남에게 기꺼이 내어놓을 수 있는 여유를 가지리라.